KB057372

일상에서 행복 찾기

행복도 습관이다

일상에서 행복 찾기

행복도 습관이다

"행복도 배울 수 있다!"

좋은 습관이 행복을 낳는다

"생활에서 기쁨과 만족감을 느껴 흐뭇한 상태!"

행복의 사전적 정의다. 그렇다면 우리는 행복하게 살고 있을까? 다음의 보고서를 읽고 생각해 보자.

2019년 '세계행복 보고서'에 의하면 우리나라의 행복지수(10점 만점 기준)는 5.98, 순위는 54위이다. 1~3위 국가는 핀란드(7.769), 덴마크(7,6), 노르웨이(7.554) 순이다. 아이슬란드, 스웨덴, 스위스, 뉴질랜드 등이 10위 이내에 드는 국가들이다.

연금 등 복지 제도가 약하기 때문일까? 자살률과 노인 빈곤율이 높기 때문일까? 과정보다 결과, 절대적 기준보다 상대적 비교를 중시하는 행복관 때문일까? 맞는 말들이다. 그러나 근본적인 이유는 행복하게 사는 법을 잘 모른다는 것, 좋은 습관으로 만들어 내지 못했다는 것 아닐까? 습관! "규칙적으로 되풀이되는 행동", "익혀서 익숙한 행동"을 말한다. 중요한 사실은 습관이 인간 삶의 모든 것과 연결된다는 것이다. 예를 들면, 성공 습관, 건강 습관, 공부나 독서 습관, 대화 습관, 먹고 자는 등의 생활 습관, 투자 및 소비 습관, 운전습관 등이다.

우리가 간과하고 있던 진리가 있다. 행복도 불행도 습관에서 비롯된다는 것이다. 행복한 사람들은 좋은 습관을 많이 가진 이들이다. 반면, 행복하지 못한 사람들은 그 반대다. 자신도 모르는 사이에 습관의 포로가 된 결과이다.

많은 사람들이 코로나19 환경에서 행복하지 못하다고 말한다. 물론, 그렇지 않은 사람들도 있다. 그들은 코로나 팬데믹이나 그보다 더 어려운 환경이 닥쳐도 행복하다. 그들의 행복의 비밀은 무엇일까? 행복해지는 행동을 익혀 습관으로 만들었다는 것이다. 행복해지는 좋은 습관 만들기! 코로나 이후, 가장 중요한 행복의 조건이 아닐까?

"행복은 어디에 있을까? 어디서 오는 걸까?"라고 물으면 대부분 내 마음속에 있다, 마음에서 온다고 말한다. 맞다. 그러나 이는 행복을 너무 좁게 생각하는 데서 나오는 답변이다. 행복은 내 마음에만 있는 게 아니다. 내 손과 팔, 발과 다리, 입과 머리에도 있다.

"지금 이 순간이 가장 행복한 시간!"이란 메시지도 사람들의 생각은 저마다 다르다. 필자들의 연구조사에 의하면 거의 대부분의 사람들은 지난 시절의 추억 중 1, 2가지를 자신의 인생에서 가장 행복했던 시간이라고 답했다.

이처럼 우리가 알고 있는 행복에 관한 사회적 통념 중에는 실제와 괴리가 있거나 사람들마다 다른 경우가 제법 있다. 이 같은 괴리는 행복을 낳는 좋은 습관 대신, 갈등과 상처를 낳는 나쁜 습관이 몸에 배도록 만든다.

1장 「행복에 관한 여러 가지 생각들」에서 내가 지금까지 '행복의 정설'이라고 잘못 알고 있었던 것들, 다른 사람들과 다르게 생각하는 것들은 무엇인지, 행복해지는 데 걸림돌로 작용하는 나쁜 습관은 어떤 것들인지 조명해 본다.

우리나라에서 통용되는 행복론 중 하나가 '비우기와 내려놓기'이다. 마음을 비우고 무거운 짐도 모두 내려놓으면 행복하게 살 수 있다는 것이다. 이걸 모르는 사람은 없다. 그러나 제대로 실천하는 사람은 아주 소수이다. 코로나 팬데믹으로 인해 '마음을 비우고 싶은데 그게 잘 안 돼요'라는 하소연을 하는 사람들만 더 늘었을 뿐이다.

사실, 비우고 내려놓기는 매우 어렵다. 해탈의 경지에 오르지 않고서는 거의 불가능하기 때문이다. 그래도 노력을 계속하는 게 좋다. 그 과정을 통해 행복을 낳는 좋은 습관이 몸에 배도록 만들 수 있기 때문이다.

중요한 건 코로나 이후의 일상에서 어떤 상황에 처해 지든 행복해지기 위해서는 비우기와 내려놓기 수준을 한 단계 더 높여야 한다는 것이다.

2장 「나는 맘 편하게 살기로 했다」에서 행복해지기 위해 맘 편하게 비우고 내려놔야 할 10가지가 무엇인지, 그 행복의 원천들을 왜 굳이 습관으로까지 만들어야 한다고 강조하는지 그 이유도 알아본다.

문제는 아예 비우고 내려놓을 게 없는 사람들도 많다는 것이다. 원하는 일자리에 취업하지 못한 취준생, 공시생, 결혼하지 못한 청춘들, 이혼한 사람들, 생계를 꾸려 가느라 악전고투하고 있는 부모 등. 이렇듯,

우리 주변에는 죽어라 노력해도 원하는 바를 채우지 못하는 사람들이 많다. 그들이 안고 있는 근본 원인은 무엇일까?

비우기와 내려놓기에 성공한 사람들 역시 마찬가지다. 그들의 행복 역시 미완성이라 할 수 있다. 결핍과 포기를 통해 누리는 포장된 행복인 셈이기 때문이다. 진정한 행복에 도달하려면 자신에게 필요한 원천들 먼저 채워야 한다. 채워진 게 있어야 비울 것도 있을 테니까. 문제는 이 채우기가 비우고 내려놓기 보다 더 어렵다는 것이다.

3장 「나는 탁월해지기로 했다」에서 행복해지기 위해 채워야 하는 4가지가 무엇이고, 왜 탁월해져야 하고 습관으로까지 만들어야 하는 것이지, 죽어라 노력해도 잘 안된다는 사람들을 위한 솔루션과 연계해 소개한다.

행복은 무지개가 자태를 뽐내는 저 산 너머 어디에 있는 게 아니다. 둥실둥실 떠가는 구름 속에 있는 것도, 묵묵히 흘러가는 강물에 있는 것도, 젖은 낙엽보다 더 낮은 곳에 꽁꽁 숨어 있는 것도 아니다. 바로 내 곁, 내 일상에 있다.

그러므로 행복해지려면, 그런 삶을 지속 가능하게 만들려면 일상에서 행복을 찾는 습관을 만들어야 한다.

내 일상에서 앞만 보고 잘 달리면 행복해질 수 있을까? 그럴 수 있다. 그러나 그렇게 달리는 대부분의 사람들은 행복 역에 도착하기 어렵다. 나만 달리는 게 아니기 때문이다. 인생이란 부모, 배우자, 자녀, 상사, 친구, 고객 등 가까운 사람들과 함께 달리는 관계의 레이스라는 사실을 알아야 한다.

4장 「일상에서 행복을 찾는 사람들」에서 그에 해당되는 5가지 유형의 사람들에 대해 알아본다. 특히 일상에서 자주 만나게 되는 가까운 사람들과 행복해지는 법, 즉 그들과 행복한 관계 리셋의 원천이 될 4가지와 그 원천별 솔루션에 대해서 알아본다.

철학자 칸트의 행복의 조건은 다음과 같은 3가지다. "할 일이 있어야 한다, 사랑하는 사람이 있어야 한다, 희망이 있어야 한다." 필자들의 생각은 조금 다르다. 필자들이 보는 행복의 조건은 5가지다.

1 | 마음이 편해야 한다.
2 | 경제적 여유가 있어야 한다.
3 | 주변 사람들과 좋은 관계여야 한다.
4 | 행복도 배워야 한다.
5 | 습관이 되도록 만들어야 한다.

5가지 조건 중 필자들은 '행복도 배워야 한다.'와 '습관이 되도록 만들어야 한다.'를 특히 강조하고 있다. 앞서 강조했듯이 우리 국민의 행복 지수가 낮은 가장 큰 이유가 행복해지는 법을 잘 모른다는 것과 습관이 될 때까지 실행하지 않는다고 판단했기 때문이다.

물론, 가정과 학교, 일터와 사회에서 행복하게 살기 위한 '원천의 원천'들에 대해서 경험하고 배우기도 한다. 그러나 그 정도는 아직 꿰지 않은 구슬 수준이 아닐까? 그래서 필자들은 그 구슬 한 알 한 알을 꿰어 보기로 했다. 이 세상을 조금이라도 더 행복하게 만들어 줄 보석으로 만들자고 두 손을 맞잡은 것이다.

행복의 조건 5가지가 물론, 정답이라는 건 아니다. 사람마다, 코로나 이후에 달라질 일상의 변화의 폭과 깊이만큼 그 조건 또한 달라질 것이기 때문이다.

그럼에도 이 책에 자신의 일상에서 행복을 찾기 원하는 모두를 위한 행복 솔루션을 담기 위해 노력했음을 밝힌다. 또한, 코로나 이후에 달라질 일상에서 모든 사람이 공유해야 할 가치도 담았다. 행복은 평생 지속 가능해야 하고 함께 나눌 수 있어야 한다는 것이다.

2021년 9월

행복 멘토 이성동, 김승회

|차례|

2장 「나는 맘 편하게 살기로 했다」

3장 「나는 탁월해지기로 했다」

1장

행복에 관한 ☺ 여러 가지 생각들

앞만 보고 잘 달리면 행복해질 줄 알았다

"엄마! 큰일 났어. 아빠가 가출했나 봐!"

4월이 시작되는 첫 번째 토요일 아침에 초등 6학년인 딸이 제 엄마에게 큰 소리로 말했다. 딸이 가져온 메모지에는 다음과 내용이 담겨 있었다.

> "사랑하는 은서에게!
>
> 은서야,
> 아빠가 오늘부터 휴가를 떠난다.
> 한 달쯤 걸릴 거야.
> 엄마 말 잘 듣고, 공부 열심히 하
> 고~~^^
> From : 아빠"

엄마는 미리 알고 있었다는 듯 차분한 표정으로 말했다.

"은서야! 걱정 마. 아빠는 휴가 가신 거야. 나한테도 미리 말했어. 나도 맘껏 쉬고 오라고 말해줬고.."

그제서야 은서가 안도의 표정을 지었다. 그러나 그것도 잠시였다.

"아빠가 많이 힘드셨나 봐. 난, 그런 줄도 모르고 아빠가 백화점 가서 영화 보고, 쇼핑하고 맛있는 거 먹자고 했을 때마다 싫다고 했어. 엄마 랑 외출하기로 했다며. 그럴 때마다 오빤 친구 만나러 간다고 나가 버렸고. 집에 혼자 남으신 아빠가 얼마나 외로우셨을까?"라고 말하고 나서 펑펑 울기 시작했다.

이처럼 가족 중 누군가를 따돌림 시키는 가정이 제법 있다. 가족들로부터 따돌림 당한 사람은 극심한 괴로움과 고독감, 배신감, 허무감 등을 느낀다. 그런 일상이 반복되면 모든 관계를 단절하고서 산 속으로 가출을 하기도 한다.

가족들 중에 누가 주로 따돌림을 당할까? 가족 구성원 모두가 대상이 될 수 있다. 놀라운 사실은 가장들 중에 따돌림 당하는 이들이 많다는 것이다. 주로 다음과 같은 이들이다. 경제적 본분을 다하지 못하는 가장, 폭력과 폭언 및 주사가 심한 가장, 외도하는 가장 등 유형에 해당되지 않는 가장 중에도 그런 이들이 제법 있다는 거다. 은서 아빠(안승일, 가명, 45세)가 대표적인 경우이다.

< 유명 대기업에 근무 중인 안승일 부장! 그는 직장에서 인정받는 사람이다. 업무 능력이 뛰어나고 대인관계도 좋고 처세술도 뛰어나다. 임원은 따놓은 당상이고 대표이사까지도 할 수 있을 거라고 평가받는 인재이기도 하다.

맞벌이 부부라서 경제적으로 큰 어려움도 없다. 노후 준비도 비교적 잘해놓았다. 이처럼 가정에서도 아무런 문제없이 행복해 보인다.

그러나 겉보기와는 달리 가정 문제로 남모를 고민을 갖고 있다. 아내와 각 방을 쓴지도 3년이나 됐다. 최근 들어서는 아이들로부터도 따돌림 당하고 있다. 골프나 등산, 경조사 등이 없는 주말에 집에 있는 날이면 더욱 그렇다. 아들과 딸에게 맛있는 거 먹고 영화도 보러 가자고 해도 반응은 언제나 No다.

비라도 오는 날이면 집안 분위기가 그야말로 적막강산이다. 아내, 아들과 딸 모두 자기들 방에서 아예 나오지 않는다. 그럴 때면 그는 창살 없는 감옥을 탈출하듯이 사우나로 향한다. 온탕에 몸을 담그고서 상념에 빠져들곤 한다.

> "아내는 왜 날 피하는 걸까? 남자가 생겼나? 이혼해 버릴까? 아냐, 좀 더 생각해 보는 게 좋겠어. 아내는 그렇다 쳐도 아이들은 왜 날 피하는 거지? 어렸을 때 많이 놀아주지 않았다고 불만을 드러내는 건가? 도대체 난 뭘 잘못한 걸까? 내 죄라면 가장으로서의 본분을 다하기 위해 이른 새벽부터 밤늦게까지 죽어라 일한 것밖에 없는데…."

그런 일상이 계속되던 어느 날, 한 달 정도 혼자서 시간을 보내 보기로 마음먹었다. 그렇게라도 하지 않으면 폭발해 버릴 것 같았다. 결국, 대학 선배이자 상사인 본부장과 저녁을 하면서 한 달간 휴가를 다녀오고 싶다고 말했다.

술기운 덕분인지 본부장의 반응은 의외로 호의적이었다.

"하하하. 우리, 일벌레께서 집에 문제가 생기셨나 보군. 그래, 다녀와. 그럴 땐 좀 쉬는 게 좋아." 이렇게 말하고 나서, 본부장은 자신의 경험담을 늘어놓기 시작했다. >

가장들이시여, 지금 당장 가출하라!

왜 아내와 아들, 딸 모두 안 부장을 따돌리는 걸까? 남편과 아빠로서의 본분을 다하지 못했기 때문이다. 가정을 이룬 남성이 다해야 할 본분은 3가지다. 가장으로서의 본분, 남편으로서의 본분, 아빠로써의 본분.

안 부장은 돈만 잘 벌면 가장으로서 자신의 의무를 다한다고 생각하고 있다. 그러나 그의 생각은 착각이다. 이는 20세기적 가치관이다. 지금은 가장이 돈을 잘 버는 것만으로는 행복해지기 어려운 세상이다.

문제는 아직도 안 부장과 같은 생각을 갖고 있는 이들이 많다는 것이다. 그들 가정 대부분이 행복하지 못한 편이다. 가족 구성원 간 서로 갈등하며 상처를 주고받으며 살아내기 때문이다.

가족들의 따돌림에 '나는 돈 버는 기계일 뿐인가..'라는 생각을 하는 가장들이시여! 이러지도 저러지도 못하는 가장들이시여! 지금 당장 가출해라. 아내와 자식 내팽개치고 집을 나오라는 게 아니다. 고정관념, 20세기 적 가치관의 울타리 밖으로 나오라는 뜻이다. 그 밖에서 울타리 안에 있는 당신을, 아내를 자녀들을 봐라.

당신이 괴로워하는 원인의 99%는 당신 자신에게 있다. 모든 괴로움의 원천은 결국 당신의 선택에서 비롯됐기 때문이다. 당신이 겪고 있는 심리적 위기를 극복하려면, 당신과 가족 모두가 행복해지려면 당신이 먼저 변해야 한다.

가족의 생계를 책임지기 위해 노력하는 일상은 행복의 일부일 뿐이다. 남편으로서, 아빠로서의 본분도 다하기 위해 진정성 있게 노력해야 한다. 노력만으로는 부족하다. 습관이 되도록 만들어야 한다. 성공이나 건강, 말투처럼 행복도 습관이 되도록 만드는 게 가장 중요하기 때문이다. 의무감 정도로는 한계가 있다는 뜻이다.

인생이란 마라톤을 행복하게 완주하려면 잘 달려야 한다. 나 혼자만 달릴 때는 앞만 보고 잘 달려도 된다. 그런 일상에서 얻는 성취감이 행복의 밀도를 높일 것이기 때문이다. 직장을 갖고 결혼한 후에는 어떨까? 옆도 살피고 뒤로 돌아보면서 달려야 한다. 이를 모르는 사람은 없다. 그러나 실제로 달릴 때는 앞만 보고 달리는 이들이 많다.

그렇게 달려선 안 된다. 옆에서 같이 달리는 아내가 왜 힘들어하는지, 뒤에서 따라오는 자녀의 자세가 왜 불안정한지도 살펴야 한다. 발바닥에, 티눈이 있는 자녀와 아내에게 빨리 달리라고 다그치기만 해서는 안 된다.

가장으로서의 일상만으로는 우리 가족을 행복하게 만들기 어렵다. 남편, 아빠로서의 일상도 채워야 한다. 지금은 너무 늦지 않았을까? 아니다. 나이와 상관없이 진정성 있는 노력을 하면 아내와 자녀들로부터 존중받을 수 있다. 그런 가정은 비록 경제적으로 쪼들리더라도 행복한 웃음소리가 울타리 밖으로 퍼져 나갈 것이다.

행복은 내 마음 속에 있다?

"행복은 어디에 있을까?"라는 질문을 던지면 많은 사람들이 마음속에 있다고 말한다. 맞는 말이다. 똑같은 환경인데도 어떤 이는 행복하다고 말하고, 어떤 이는 정반대로 말하는 걸 보면. 그래서 행복은 주관식이라 말한 것이다.

그러나 행복은 다른 곳에도 있다. 다음과 같은 내 안의 네 곳을 말한다.

「 내 안에 있는 5개의 행복 발전소 」

  1 | 마음
  2 | 손과 팔
  3 | 발과 다리
  4 | 머리
  5 | 입

이처럼 내 안에는 다섯 개의 행복 발전소가 있다. 이 다섯 곳에서 매일 행복 에너지를 만들어 내고 있다. 어떤 사람은 수 백, 수만 명에게 나눠 줄 수 있을 만큼, 반면에 어떤 사람은 자기 혼자 쓰기에도 턱없이 부족할 만큼.

다섯 곳 모두에서 행복에너지를 만들어야 하는 건 아니다. 한곳에서 만들더라도 제대로 만들어 내면 된다. 마음 행복 발전소에서 행복을 만드는 법은 2장, "비우고 내려놓으려 해도 잘 안돼요?"에서 다룬다.

손과 팔 행복 발전소는 재능을 통해 행복을 만들어 내는 것을 말한다. 황금 팔 류현진이 좋은 예다. 그가 메이저 리그에서 던지는 하얀 작은 공 하나, 하나가 행복을 부르는 메신저다. 그와 그의 가족은 물론, 그의 팬과 코칭 스탭 및 구단 관계자에 이르기까지 수십~ 수 백여만 명을 행복하게 만들기 때문이다.

류현진 신수 같은 슈퍼스타들에만 해당되는 게 아니다. 평범한 사람들도 마찬가지다. 자신의 손과 팔의 재능을 갈고닦아 특정 영역에서 탁월한 경지에 오른 사람들 말이다. 예를 들면, 그림과 피아노 등의 기악, 요리, 노래, 미용, 용접, 자동차 정비, 인공 지능 등이 대표적이다.

어떤 영역이든 탁월한 경지에 오르면 행복해질 수 있다. 성취감과 만족감을 갖게 되고 행복의 밀도의 원천 중 하나인 경제적 문제로부터 자유로운 상태가 되기 때문이다. 또한 류현진 선수처럼 자신의 주변 사람들을 행복해지게 만드는 행복 에너지도 만들어 낸다.

발과 다리 행복 발전소도 재능을 통해 행복 에너지를 만들어 내는 곳이다. 손흥민이 좋은 예다. 그의 발과 다리는 류현진처럼 행복을 부르는 재능이다. 그 재능이 경제적 문제로부터 자유로운 상태를 만든다.

축구 선수나 육상, 스케이팅 등 운동선수들만 해당되지 않느냐고? 아니다. 모든 사람에 해당된다. 발과 다리가 일상에서 행복을 찾는 이들에게 다음과 같은 행복 에너지의 3가지 원천이 되기 때문이다.

첫 번째는 걷기를 통해 얻을 수 있는 건강이다. 다른 하나는 일상에서 하고 있는 일이 잘 되게 만드는 노력이다. 발로 뛴다는 말이 그래서 있는 것이다. 세 번째는 인간관계다. 발이 넓은 사람을 왜 마당발로 부를까? 무슨 일을 하든, 성공과 행복의 원천이 되는 관계의 폭과 깊이를 활용할 수 있기 때문이다.

머리도 행복 발전소이다. 머리가 좋아 공부를 잘하면 자신이 원하는 좋은 직업을 가질 수 있다. 평생 동안의 행복한 일상이 될 것이냐, 아니냐를 결정짓는 선택을 잘하게 만들기도 한다. 머리가 좋으면 통찰력과 판단력이 높아지기 때문이다.

코밑에도 행복 발전소가 있다. 코밑 어디일까? 입이다. 왜 그렇다는 것일까? 입이 행복은 물론, 인간의 모든 길흉화복의 씨앗이자, 불씨이고 통로이기 때문이다. 다음의 2가지 경우처럼. .

첫째, 먹고 싶은 것을 먹을 수 있는 통로다. 먹지 못하고 굶기를 밥 먹듯이 하는 사람을 행복하다 말할 수 있을까? 자신이 좋아하는 먹거리를 어떤 이유로든 먹을 수 없는 사람 역시 마찬가지다. 맛있는 요리를 돈이 없어서 먹을 수 없는 사람, 이가 없어서 씹지 못하는 사람, 건강 때문에 입에 대지도 못하는 사람을 행복하다 할 수 있을까?

"먹는 즐거움", "치아 건강이 오복 중 하나" 란 말이 그래서 공감을 얻는 것이다.

둘째, 말은 모든 길흉화복의 씨앗이자 불씨이다. 다음과 같은 말 관련 명언들이 던지는 메시지처럼.

"말 한마디로 천 냥 빚 갚는다"

"가는 말이 고와야 오는 말이 곱다"

"낮 말은 새가 듣고, 밤 말은 쥐가 듣는다"

"귀 말고 가슴을 즐겁게 하는 말을 하라"

"상대가 듣고 싶은 말을 하라"

"침묵은 금이다"

"말을 독점하면 적이 많아진다."

이 외에도 말과 관련한 명언들은 무수히 많다. 그 명언들이 던지는 메시지는 모두 같다. 잘 말하면 모든 사람을 호의적으로 만들 수 있고, 신뢰와 열렬한 지지를 얻는 관계를 만들 수 있다는 것이다. 말이 성공과 행복으로 가는 디딤돌이 되도록 만든다는 의미가 담겨 있다.

물론, 그 반대의 메시지도 담겨 있다. 잘못 말하면 불평불만, 갈등, 불신, 스트레스와 상처를 받게 된다는 것이다. 이처럼 말은 행복의 디딤돌이 될 수도 있고, 불행의 디딤돌이 될 수도 있다.

지금까지 소개한 명언들 외에도 입을 통해 전해지는 말이 길흉화복을 부른다는 예는 차고 넘칠 정도로 많다. 절대 군주 앞에서 충언을 하다 목숨을 잃은 사람도 있고, 반대로 절대적인 신임을 얻어 부귀영화를 누린 사람들도 많다.

조선 시대 태종과 세종의 절대적 신임을 받은 황희가 그런 사람이다. 그가 조선 최고의 명신으로 이름을 날린 원천이 바로 긍정과 인정이다.

그는 모든 신하가 반대해도, 자신의 소신과 다르더라도, 태종과 세종이 군수로써 펼치고자 하는 정책과 의견을 일단, 긍정하고 인정했다. 처세의 달인이라서 그런 걸까?

아니다. 군주에게만 그런 게 아니었다. 하인들에게도 마찬가지였다. 하인들끼리 다툴 때도 어느 한 편을 들지 않았다. "네 말도 옳고 네 말도 옳다"고 말해 준다. 군주의 말이든, 하인의 말이든 절대부정하지 않는다.

일단 긍정하고 인정한다. 처세의 달인이 아니라 긍정과 인정의 달인이라 할 수 있을 정도로.

이런 관점에서 보면, 입은 행복 발전소를 뛰어넘는다. 길흉화복 발전소라 불러도 되지 않을까? 어쨌든 입은 만고불변의 행복 발전소다. 그러므로 행복을 부르는 말투를 익혀야 한다.

목소리도 입이란 길목을 통해 행복을 만들어 낸다. 가수나 아나운서, 성우 같은 사람들이 그렇다. 그들뿐 만이 아니다. 긍정적이고 다정다감한 목소리와 말투를 구사하는 이들 모두가 해당된다. 목소리와 말투가 그들에게는 행복 발전소이자 성공의 디딤돌인 셈이다.

이처럼 당신 안에는 다섯 개의 행복 발전소가 있다. 그중 어딘가에는 당신조차 알지 못할 만큼 커다란 행복의 원천이 꼭꼭 숨어 잠들어 있을 가능성이 높다.

이제 그만 깨워야 한다. 마음으로 생각만 해서는 안 된다. 그 원천을 빛나게 할 재능이 자신의 실력을 발휘할 수 있게 해달라고 아우성치고 있을지 모른다. 즉 실행해야 한다. 습관이 돼 탁월한 경지에 오를 때까지,

지금 이 순간이 가장 행복한 시간?

"소확행!"

"워라밸! (work & Life Balanced)"

"내 인생의 주인공으로 살아라"

"지금이 내 인생에서 가장 행복한 시간이다"

최근 몇 년 사이에 많은 사람들의 공감을 받은 메시지들이다. "집을 산다든지 와 같은 큰 행복을 누리는 건 힘들다. 그러니 작지만 확실한 행복을 누려라. 오로지 일과 돈에 올인하는 삶은 바람직하지 않다. 일과 생활이 균형을 이루게 해야 한다. 그리하지 않으면 "앞만 보고 잘 달리면 행복해질 줄 알았다"에서의 가장처럼 가족들로부터 왕따를 당할 확률이 높다."고 강조한다.

위와 같은 메시지들의 핵심은, "지금 이 순간은 지나가면 다시 오지 않는다. 지금이 내 인생에서 가장 행복한 시간이다. 그러니 내일 행복하자고 오늘을 희생하지 마라. 시금 당장 내 인생의 주인공으로 살아라"는 것이다.

정말 그럴까? 워라밸과 내 인생의 주인공으로 살아라는 메시지에는 필자들도 공감한다. 그러나 소확행을 누리라는 메시지에는 그다지 공감이 안간다.

현실도피적이고 축소지향적인 삶을 사는 사람들을 위한 행복론인 듯하면서도 과소비를 선동하는 듯하기 때문이다. 그런 카테고리에 들어가는 상품들의 과소비를 부추기려는 고도의 마케팅 술책이 담겨 있을 수 있다는 뜻이다.

과소비란 소비 금액의 절대치가 많은 것을 말하는 게 아니다. 자신의 소득 대비 소비의 절대치가 매우 높은 것을 말한다. 필자들 지인의 딸을 예로 들어 보자. 그녀는 결혼 2년 차 기혼녀다. 2년 전 어느 날, 8천만 원 대 수입 외제차를 타고 친정에 나타났다. 다음은 필자들의 지인과 그녀의 대화 내용이다.

**"너, 제정신이냐? 1억 5천 전세 살면서 8천만 원짜리 차를 사?
게다가 대출을 끼고서?"**

＿＿＿＿＿＿＿＿＿＿＿＿＿＿＿＿＿＿＿＿＿＿＿＿＿

**"아빠, 소확행이란 말 몰라? 밖에선 그런 식으로 말하지 마.
꼰대 소리 듣고 싶지 않거든~~"**

누구 생각이 옳다는 걸 가리자는 게 아니다. 둘 다 옳다. 자신의 가치관대로 생각하고 말했기 때문이다. 소확행을 누리겠다는 생각도 마찬가지다. 자신의 가치관이자 행복관이기 때문이다.

문제는 과소비하면서까지 행복해지려 한다는 것이다. 그런 소비 습관이 지속되면 될수록 얻게 되는 행복감은 점점 작아지다가 결국 사라져 버릴 것이다.

행복은 추억 속에 있다

"지금 이 순간이 내 인생에서 가장 행복한 시간"이란 메시지에도 모순이 있다. 2가지 이유가 있다. 하나는 필자들의 연구조사 결과에 의한 이유다. 필자들은 3,000여 명에게, "내 인생에서 가장 행복한 시간은 언제?"라는 질문을 던져 봤다. 어떤 답들이 나왔을까?

거의 대부분의 사람들이 지금 대신 지난날의 추억을 말했다. 예를 들어보자. "대학 합격했을 때, "원하던 취업이 확정됐을 때", "결혼했을 때", "첫아이가 태어났을 때", "내 집 마련했을 때", "승진했을 때" 등.

위와 같은 사람들이 공통적으로 하는 말이 있다. "그때가 좋았어~~"라는 말이다. 지금보다 사는 게 조금은 더 힘들었어도 그 시절, 그 순간이 가장 행복했다는 뜻이다. 이처럼 대부분의 행복은 마음속에 추억으로 남아 잠들어 있다. 그래서 안개처럼 왔다가 바람과 함께 사라져 버리는 것이리라.

물론, 바로 다음 지금 이 순간이 행복하다는 사람들도 있다. 문제는 그런 사람들이 많지 않다는 것이다.

중요한 것은 가장 행복했던 시절이 옛 추억 속에 있든, 지금 이 순간에 있든 내일도 행복해야 한다는 것이다. 그런 관점으로 본다면 "지금 이 순간이 내 인생에서 가장 행복한 시간"이란 메시지를 다음과 같이 바꿔보는 건 어떨까?

"지금 이 순간은 내 인생에서 가장 행복할 일상을 만드는 시간"으로.

다른 하나는 앞서 강조한 것처럼 행복의 기준이 사람마다 다르고 환경 또한 다르다는 것이다. 어떤 이들은 "불행한 사람은 내일을 걱정하고, 어제는 후회만 한다"고 말한다. 그들은 "내일의 문제는 내일 걱정하고, 오늘은 내려놓아야 행복해질 수 있다"고 주장한다.

사람마다 생각이 다르겠지만 필자들은 무책임하다고 말하고 싶다. 개미와 베짱이 우화에 나오는 베짱이처럼 살라는 메시지인 셈이기 때문이다. "행복은 추억 속에 있다", "지속 가능한 행복이어야 한다"라는 메시지와 배치된다는 것도 문제다. 행복도 유효기간이 있다. 행복을 오래 지속시키기 위해서는 행복의 밀도를 높이고 유지하기 위한 노력을 게을리해서는 안 된다. 양적 노력만 해서는 안 된다. 노력의 질을 높일 수 있어야 한다.

오늘이란 일상을 즐기기만 한다면 행복한 내일이 내게로 다가올 수 있을까? 나 혼자만의 일상은 그럴지도 모른다. 마음을 비우고 내려놓을 수 있다면, "쩐무일 족"으로 살아도 된다. 그렇다면 결혼해서 가정을 이룬 사람들의 일상은 어떨까? (쩐무일 족 : 돈 있을 때는 놀고, 돈 떨어지면 일하는 사람들을 말함.)

지금이란 시간은 찰나다. 내일이란 시간은 죽을 때까지의 시간을 말한다. 길지 않지만 그렇다고 짧은 시간도 아니다. 필자들 지인과 그 딸의 행복관처럼 행복의 기준도, 조건도 서로 부딪치면서 매일매일 진화하고 있다. 진화를 거부하는 사람은 행복 역으로 가는 인생 마라톤에서 뒤처질 수밖에 없다.

행복해지려는 노력도 습관으로 만들어야 한다. 죽는 날까지 행복을 지속시키려면. 가정과 일터, 사회를 행복하게 만드는 한 알의 밀알이 되고자 한다면.

인생은 객관식, 행복은?

꽃은 아름답고 갈비는 맛이 있다. 거의 모든 사람이 공감하는 객관적인 사실이다. 그러나 "어떤 꽃이 더 아름다운가?"라는 질문을 던지면 다양한 답변이 나온다. 코스모스, 장미, 철쭉, 무궁화, 튤립 등 사람마다 서로 다른 꽃이 더 아름답다고 말한다. 이유는 명쾌하다. 꽃의 아름다움에 대한 취향이 다르기 때문이다.

맛에 대한 취향 역시 마찬가지다. 갈비보다 생선회, 생선회 보다 소고기, 소고기 보다 육회가 맛있다고 말한다.

행복에 관한 취향은 어떨까? 마찬가지다. 거의 똑같은 환경과 상황인데도 어떤 사람은 행복하다고 말하고, 어떤 사람은 그렇지 않다고 말한다. 매우 행복하다는 사람도 있고, 행복한 편이라는 사람도 있다. 반면, 그저 그런 편, 행복하지 않은 편, 전혀 행복하지 않다는 사람들도 있다.

돈이 많고 적음에 대한 행복 취향이 대표적이다. 현금 10억을 가진 사람들이 있다. 그들 중 대부분은 만족해하며 행복하다고 말한다. 그러나 일부는 다르다. 아주 대만족 해하는 이들이 있는 반면, 정반대인 이들도 있다.

후자의 사람들을 돈에 눈먼 사람들이라거나 탐욕스러운 인간이라고 단정 지을 수 있을까? 아니다. 그저, 돈과 행복한 정도에 대한 취향이 다를 뿐이기 때문이다.

인생은 객관식이고 행복은 주관식이다

대부분 사람들의 인생관은 보편적이고 객관적이다. 교육이나 결혼, 자녀, 취업 등을 예로 들어 보자. 남녀노소 불문, 누구나 좋은 대학, 취업하기 좋은 과를 선호한다. 결혼관 역시 비슷하다. 사랑하는 사람, 능력 있는 사람, 건강한 사람과 결혼하기를 바란다.

자녀관 역시 마찬가지다. 요즘 결혼하는 세대들은 자녀를 1명 낳는 것을 선호한다. 물론, 둘 이상을 낳거나 아예 낳지 않는 커플들이 있다. 그렇다고 그들 커플들이 틀렸다고 말하는 사람은 거의 없다. 자녀 출산에 대한 객관적인 컨센서스가 형성됐기 때문이다.

축의금이나 조의금 역시 온라인 송금하는 게 전혀 낯설지 않은 일이 됐다. 이처럼 인생을 살아가면서 맞닥뜨리게 되는 대소사 대부분은 객관식 시험 문제의 답처럼 많은 사람들 간에 공감대가 형성돼 있다. 그렇다면 행복은 어떨까? 사람마다 답이 다른 주관식 문제와 같다.

예를 들어 보자. 죽을 고비를 넘긴 사람과 그렇지 않은 사람, 코로나 때문에 젖은 낙엽보다 더 낮은 바닥을 경험한 사람과 그렇지 않은 사람의 행복 체감도는 큰 차이가 난다. 몇 번이 답이라는 컨센서스가 형성된 인생관과는 전혀 다르다.

저 마다의 일상에 대한 행복 취향, 긍정적이냐 아니냐, 자신에 관대한 편이냐, 엄격한 편이냐 등의 성향에 따라 행복의 밀도는 차이가 난다는 뜻이다. 각 개인의 주관적인 느낌과 환경에 영향 받기 때문이다. 그래서

"행복은 주관식이다."는 말이 있는 것이다.

그러니 갈등, 고통, 스트레스 같은 행복 걸림돌을 상처로 받아들이지 마라. 행복의 밀도를 높이기 위한 교훈으로 만들어라. 언젠가 그 걸림돌들이 디딤돌이 되고 행복의 밀도를 높이는 기준이자 시작점이 될 것이기 때문이다.

행복이 주관식일 수밖에 없도록 만드는 첫 번째 이유는 성격 차이다. 많은 이들이 긍정적이고 낙관적인 사람이 그렇지 않은 사람에 비해 행복의 밀도가 높다고 말한다. 리처드 와이즈만도 그들 중 한 명이다. 그는 '우리는 달에 가기로 했다'라는 책에서 "낙관적인 사람이 더 건강하고 더 행복하다"고 말했다.

매일 알바를 하고서도 학자금 대출을 받아서 등록금을 내는 딸을 둔 부부의 예를 들어 보자. 남편의 성격은 매사 긍정적이고 낙관적인데 반해 아내는 부정적이고 비관적이다.

물론, 남편의 행복의 밀도가 훨씬 높다. "그래도 우리보다 더 어려운 사람들도 있지 않느냐, 2~3년 정도 지나서 취업하고 나면 다 해결된다"라고 생각하기 때문이다. 그러나 아내는 다르다. 고생하는 딸을 도와주지 못하는 현실에 바라볼 때마다 마음이 짠해질 수밖에 없다.

행복이 주관식일 수밖에 없는 또 다른 이유가 있다. "모든 인간은 이기적이다"는 것이다. 스스로 자신은 이타적이라 말하는 사람들을 주변에서 쉽게 볼 수 있다. 그러나 그들도 결국은 이기적인 생각과 행동을 한다. 그래서 필자들은 "스스로 이기적이지 않다고 말하는 사람이 가장

이기적이다"는 말을 자주 한다.

　이기적 성향이 강한 사람들의 행복관은 이율배반적이다. 타인의 행복은 객관적이고 상대적 관점에서 판단을 내린다. '그 정도인데 뭐가 부족하다고. 나 같으면~~~'이라고 말한다. 그러나 자신의 행복은 지극히 주관적이고 절대적 관점에서 추구한다.

　결혼한 여성들을 예로 들어 보자. 많은 여성들이 다른 사람의 남편에 대해서는 '에이, 뭐 그 정도면 됐지 ~~'라고 말한다. 그러나 자신의 남편에 대해서는 그렇게 관대하지 못하다. 돈 잘 벌고 다정다감하며 유머러스해야 한다. 가사와 육아는 50:50이어야 하고 요리도 잘해야 하며 친정에도 잘해야 한다.

　술 담배도 과하지 않아야 하고 장동건처럼은 아니어도 잘 생겨야 한다. 그럼에도 자신은 절대 이기적이지 않다고 말한다. 물론, 그렇지 않은 여성들도 많다. 마음을 비운 여성들이다. 2가지 유형의 여성들 중 누가 더 행복할까?

　여성을 예로 들었지만 결혼한 남성 중에도 비슷한 이들이 많다. 이들 대부분은 2장의 '행복 9:1의 법칙'에서 자유롭지 못한 사람들이다.

지금까지는 주관적 행복관이 주는 긍정적인 면을 중심으로 소개했다. 그렇다면 주관적 행복관에 부정적인 면도 있다는 말인가? 그렇다. 앞서 소개한 부부를 예로 들어 보자. 둘 사이에 갈등이 발생할 가능성이 높다.

물론, 그 갈등이 단순한 갈등 수준에 머무르면 행복의 밀도에 별다른 영향을 주지 않는다. 문제는 대부분의 갈등이 배우자에게 상처를 주고, 그 상처가 행복의 밀도를 떨어뜨릴 정도의 파워를 갖고서 자신에게 되돌아온다는 것이다.

더 중요한 사실은 부부간은 물론, 부모와 자식 간, 상사와 직원 간 등 그 어떤 관계에서도 주관적 행복관의 갭에 의한 갈등과 상처, 극심한 스트레스가 유발된다는 것이다.

우리가 간과하고 있는 사실을 예로 들어 보자... 우리 사회가 풀어야 할 난제 중 하나가 보수와 진보 진영 간 이념 갈등이다. 중요한 건 그 뿌리가 주관적 행복관이라는 거다. 양 진영의 이념과 논리의 지향점은 우리 국민이 좀 더 행복하게 살 수 있도록 만들겠다는 것이다. 그렇게 되려면 자신들의 이념과 논리대로 국가를 경영해야 한다고 주장한다.

그런데 보수 진영에서 보는 진보 진영의 이념과 논리는 북한과 다를 바 없다. 그들 중 핵심 인물 대부분이 주사파 좌빨이어서 그렇다고 말한다.

그들은 결국 이 나라를 북한 김정은에게 넘길 것이라 주장한다. 그래서 그들은 말한다. "이게 나라냐! 이거 큰일이다. 나라 망하게 생겼다~~"라고.

반면, 진보 진영에서 보는 보수 진영의 논리는 구시대적이고 비인권적이다. 그들 대부분은 시대에 뒤떨어진 꼴통이며 꼰대인데다 부패에 절어 있다. 그래서 그들은 촛불을 든다. "이게 나라냐! 이거 큰일이다. 나라를 거덜 낼 X 들이다~~"라면서. 어느 진영의 이념과 논리가 맞는지는 아무도 모른다. 먼 훗날의 역사가 증명해 줄 것이다.

이처럼 모든 사람, 모든 진영의 행복관은 주관식이다. 이 행복관은 긍정적인 면과 부정적인 면을 동시에 갖고 있다. 그러므로 나, 우리 가정, 내 일터를 행복하게 만들기 위해 주관적 행복관 만을 고집하는 건 바람직하지 않다. 나와 가까운 사람들, 나와 이념과 신념이 다른 사람들의 행복관도 존중할 줄 알아야 한다.

앞서의 언급처럼 지금은 최악의 상황이다. 상대 진영의 이념과 가치, 핵심 정책을 무조건 반대하고 폄하한다. 인신공격도 도를 넘었다. 이제는 패러다임을 바꿔야 할 때다. 존중하는 것으로 만족해서는 안 된다. 이념 갈등을 넘어 이념 경쟁으로 진화시켜야 한다.

지역 갈등, 노사 갈등, 세대 갈등 등 모든 사회적 갈등도 마찬가지다. 갈등을 유익한 경쟁으로 진화시켜야 한다.

나는 이혼해도 행복해 질 자신이 있다

행복하게 살겠다고 한 결혼인데 행복하지 않다고 아우성치는 이들이 많다. 하루만 못 봐도 죽도록 보고 싶은 상대였는데도 결혼 후 1년을 넘기지 못하고 이혼하는 커플들도 있다.

저마다 별별 사연이 많을 것이다. 그중 하나가 사랑이란 감정이 식었다는 것이다. 이 세상 모든 것에는 유효기간이 있다. 하버드 대 졸업장의 유효 기간은 5년, 사랑의 유효 기간은 평균 1.5~3년이라 한다. 눈에 꼈던 콩깍지가 벗겨지는 시간인 셈이다.

30년 넘게 사랑하면서 행복하게 사는 부부들도 많다고? 맞는 말이다. 그들이 오랜 기간 동안 행복하게 살 수 있는 건 사랑의 유통 기간을 늘렸기 때문이다. 유효 기간과 유통 기간은 다른 개념이다. 행복도 마찬가지 아닐까? 내 일상의 안락한 곳 어딘가에 숨어 있는 행복의 원천들을 찾아 내 유통 기간을 늘려야 한다.

성격 차이, 경제적 문제, 배우자의 외도도 원인이다. 최근 10여 년 동안 매년 9만여 커플이 이혼을 했다. 주된 이혼 사유가 바로 위 3가지다. 이 3가지가 부부간 감정의 소모를 부르고, 상처를 줘 결국 이혼의 단초가 된다.

그렇다면 이 3가지 이혼 사유의 뿌리라 할 수 있는 원천은 무얼까? 배우자를 존중하지 않는다는 것이다. 결혼 9년 차 워킹맘인 최선영(가명, 39세) 씨처럼.

< 내 남편, OOO 씨! 나는 남편을 이름이나 호칭 대신 다음과 같은 3개의 닉네임으로 부릅니다. (물론, 저 혼자만..)

1. '간부남'! (간이 부은 남편)	맞벌이임에도 손가락 하나 까딱 안 하고 독박 육아와 독박 가사를 강요~
2. '가가신'! (가부장적 가치관의 신봉자)	TV 보다가 '물' 하면 재빠르게 물 한잔 갖다 줘야 할 정도로 권위적임~
3. '이가찬'! (이기심으로 가득 찬 남편)	사위 노릇은 제대로 못하면서 며느리 노릇 제대로 하길 바라는~

이 같은 20세기 적 가치관을 가진 사람과 21세기를 살다 보니 부부 싸움이 잦을 수밖에 없었습니다. 이런 일상이 9년 동안이나 지속되나 보니, 결국 이혼까지 생각하게 되더군요. 아마 천 번도 더 넘었을 겁니다.

그러던 차에 우연히 이혼한 선배 여교사의 얘기를 듣게 됐습니다.

그 순간, 내가 원하는 행복은 지극히 이기적이었다는 라는 생각이 들더라고요.

선배가 그러더군요. 자신의 남편노 제 남편과 유사한 사람이었다고. 결국 이혼했다는 데요. 오히려 이혼 전보다 더 많이 후회했다는 말을 하더군요. 남편과 이혼하는 게 문제가 아니더라며 다음과 같은 말도 해줬고요.

"가부장적 권위에 찌든 남편과 살려니 숨이 막힐 것 같았다. 당장 이혼하지 않으면 죽을 것 같아 덜컥 이혼해 버렸다. 다른 사람은 몰라도 나는 정말 행복하게 살 자신도 있었다. 이혼하고 1년 정도 지나면 행복해질 줄 알았다. 그런데 시간이 지나도 행복해지지 않더라. 1년이 지날 즈음부터는 오히려 후회가 되더라. 난 이혼하고 나서야 깨달았다. 나는 변하지 않으면서 남편한테만 변하라 했다는 것을. 내가 남편보다 더 이기적이었다는 것을."

선배 여교사는 다음의 말을 남기고서 일어섰습니다.

"최 쌤, 난 행복을 내 발로 걷어차버렸어. 최 쌤은 그런 바보 같은 선택은 절대 하지 마. 행복은 축구공이 아냐. 풍선이야. 바늘로 살짝만 건드려도 터져버리는, 손에서 놓치면 바람 따라 훨훨 날아가 버리는. 이 말도 기억해. 부부 단어 사전에 용서란 말은 없어져야 해. 이해란 단어만 있어도 돼."

그 말을 듣고 제 자신을 돌아보았습니다. 그랬더니 "남편도 나 같은 여자 만나서 많이 힘들었겠구나"라는 생각이 들더군요. 그렇게 생각하고 나니 저의 부족함이 조금씩 보이기 시작하데요.

혹시 저처럼 이혼해야 할까, 말까의 갈림길에서 고민하시는 분들께 3가지를 조언 드리고 싶네요. 첫 번째는 아주 구제불능인 남편이 아니라면 이혼하지 않는 것이 좋다는 겁니다. 두 번째는 배우자는 용서의 대상이 아니라 이해의 대상이라는 것. 세 번째는 내가 변해야 수영 실력이 늘지, 수영장만 바꾼다고 실력이 느는 건 아니라는 겁니다. >

이혼하든, 안 하든 후회하고 상처를 받는다. 그렇다면 어떤 선택이 후회와 상처의 총량이 클까? 위 사례의 선배 여교사처럼 이혼을 선택하는 경우다. 왜 그런 걸까? 대표적인 이유는 2가지다.

하나는 배우자의 빈자리가 얼마나 큰지를 이혼하고 나서야 깨닫는다는 것이다. 부모와 배우자는 산소와 같은 존재다. 있을 때는 그 존재가치를 전혀 느끼지 못한다. "부모와 배우자는 존재하는 것 자체만으로 의미가 있다", "있을 때 잘해라"와 같은 말이 던지는 메시지를 곱씹어 보시기 바란다.

다른 하나는 "그 X이 그 X"일 가능성이 높다는 것이다. "구관이 명관"이었구나 하며 후회하거나 "늑대를 피했더니 호랑이를 만났다"는 상황을 만나게 될 확률이 높기 때문이다.

이와 관련, 심리 상담 센터를 운영하는 O 소장은 "당장 이혼 안 하면 죽을 것 같다며 이혼한 사람들의 99%가 나중에 후회하더라."고 말한다. 그러므로 도저히 구제 불가능한 사람이 아니라면 맏까를 선택하는 편이 낫지 않을까?

그래도 이혼을 선택하겠다는 사람은 어쩔 수 없다. 그러나 한 가지는 인정하는 게 좋다. 자신이 지극히 이기적인 사람이라는 것을. 더 이상 참기 힘들어서, 더 이상 상처받기 싫어서, 이혼하고 나면 그다음 날 죽어도 여한이 없을 정도로 그 사람이 싫어서라고? 그게 바로 자신만 생각하는 이기적인 사람이라는 근거이다.

자신이 행복해지기 위해 자녀나 양가 부모가 받을 상처는 안중에도 없는 그런 사람이기 때문이다. 수영장을 바꾸고 수영 코치도 바꾼다고 수영 실력이 느는 건 아니다. 연습 시간을 더 늘린다든지, 폼을 바꾼다든지 와 같이 내 일상이 달라져야 만 수영 실력이 제대로 향상된다.

부부간의 행복 역시 마찬가지다. 내 일상이 달라지지 않은 채 새로운 배우자를 만난다 해도 달라질 게 없을 가능성이 높다. 부디 바보 같은 선택을 하지 마시기 바란다. 행복은 걷어차버려도 되는 축구공이 아니기 때문이다.

동메달리스트가 왜 더 행복해 할까

심리학에 원인론과 목적론이 있다면 행복학에는 과정론과 결과론이 있다. 과정론이란 "어떤 일을 완결한 이후의 결과보다, 그 결과를 이루기 위한 과정에서 더 큰 행복감을 느낀다"는 것이다. 반면, 결과론이란 "과정보다는 어떤 일의 결과에서 더 큰 행복감을 느낀다"는 것을 말한다.

예를 들어보자. 모든 스포츠 경기에서 행복해하는 이들은 이긴 사람들이다. 올림픽은 어떨까? 마찬가지다. 그러나 종목별 시상식을 보면 재미있는 현상을 볼 수 있다. 가장 기쁘고 행복해 보이는 사람(들)은 역시 금메달을 딴 사람(들)이다. 은메달과 동메달을 딴 사람들은 어떨까? 대부분 동메달을 딴 사람들이 더 행복해한다.

왜 그런 걸까? 결승전에 진출하지 못한 자신의 실력 부족을 인정했기 때문이다. 그런 겸손함은 올림픽 메달을 따기 위한 지난 3~4년간의 노력의 과정 자체가 고생이 아니라 뿌듯함이란 생각이 들게 만든다. 은메달을 딴 사람들은 다르다. 결과에 대한 아쉬움이 크다. 올림픽 준비 과정에서 "좀 더 노력했더라면…" 이란 생각이 들기 때문이다.

어느 게 옳고 틀린 건 아니다. 행복의 기준을 과정에 두는 사람도 있고, 결과에 두는 사람도 있기 때문이다.

한 연구에 의하면 인간은 하루 150번, 평생 400만 번 내외의 선택을 한다. 하늘이 구름 낀 날이나 구름 한 점 없는 맑은 날을 선택하듯이 모든 인간도 매일매일 어떤 선택을 한다는 것이다. 이 같은 주장에 대해 다음과 같은 반론을 제기하는 사람들이 있다.

"하루 150번씩이나요? 나는 아무리 세어 봐도 15번을 넘기기 힘들던데…"

그들이 알아야 할 게 있다. 선택에는 의식적 선택과 무의식적 선택이 있다는 것을. 전자는 생각을 한 다음에 선택하는 것을 말한다. "새벽에 눈이 많이 내렸으니 오늘은 전철 타고 출근해야지."와 같이.

후자는 아무런 생각 없이 평소에 했던 습관대로 하는 선택을 말한다. "출근하기 위해 현관문을 열고서 엘리베이터를 타는 것처럼"

출근하기 위해 1층이나 지하 주차장에 내려가기 위한 선택 대안은 2가지다. 하나는 엘리베이터를 타는 것, 다른 하나는 걸어 내려가는 것. 엘리베이터를 타고 내려갔다면 무의식적 선택을 한 번 한 것이다.

과정 없는 결과 없고, 선택 없는 과정 없다

대부분의 무의식적 선택은 습관과 연관이 깊다. 상대의 말에 경청을 잘하고 칭찬을 잘하며 항상 밝게 잘 웃는 사람은 행복한 사람일 확률이 높다. 행복해지기 위해서 좋은 습관을 갖는 것이 중요한 이유가 여기에 있다.

이렇듯 선택이란 과정은 매우 중요하다. 국가나 기업의 명운을 건 선택이든, 최고 지도자가 되기 위한 것과 같은 일생일대의 선택이든, 보통 사람들에게 가장 중요한 직업과 배우자 선택에 관한 것이든, 점심을 누구랑 먹을 건지와 같은 사소한 것이든. 선택을 할 때마다 행복해지거나 불행해지는데 큰 영향을 미치기 때문이다.

인생이란 선택들이 만들어 낸 결과물이다. 오늘의 나 역시 지금까지의 내 선택들이 맺은 열매다. 중요한 건 과정이 없는 결과 없듯, 선택 없는 과정도 없다는 것이다. 그러므로 행복이란 열매가 맺어질 때까지 부족한 것을 채워 넣는 선택의 과정을 지속해야 한다. 그 과정에서 신의 한 수라할만한 선택을 한다면 금상첨화다. YS나 DJ처럼.

김영삼, 김대중 전 대통령!

두 분이 대통령이 될 수 있었던 핵심 요인을 꼽으라면 무얼까? 민주화의 선구자? 리더십? 준비된 대통령? 대운이 들어서? 아니다. 김영삼 전 대통령은 '3당 합당', 김대중 전 대통령은 'DJP 연합'이란 선택이다. 두

분 모두 그 선택이 없었다면 결코 대통령이 될 수 없었다. 그 당시의 선거 구도에서는.

두 분 모두 자신의 부족한 지지 기반을 '3당 합당'과 'DJP 연합'으로 채운 것이 대통령 당선의 결정타가 된 것이다. 행복해지고 싶은 당신 역시 마찬가지다. 부족한 것들이 채워질 때까지 노력한다고 행복해질 수 있는 게 아니다. 때로는 두 분처럼 신의 한 수급 선택이 필요하다.

선택과 관련해 보통 사람일 당신에게도 신의 한 수가 될 선택의 기회가 있다. 진로 및 직업 선택, 배우자 선택, 두 번째~ 세 번째 꿈, 투자할 대상과 때 선택, 인생 후반의 삶 선택, 웰 다잉 선택 등이다.
이들 중 가장 중요한 선택은 무엇일까? 사람마다 생각이 다르겠지만 필자들은 배우자 선택을 꼽는다. 왜 그런지에 대해서는 4장의 "어떤 선택을 해야 평생 행복할 수 있을까?"의 내용을 참조하시기 바란다.

이처럼 인생은 선택에 따른 결과와 그 선택에 이르기까지의 과정이다. 그 과정이 좋아야 결과도 좋다. 물론, 언제나 그런 것은 아니다. 위 두 분의 전직 대통령처럼 순간의 선택이 좋은 결과를 만들기도 한다.

그러나 그와 같이 과정이 생략된 결과에 의한 성취감은 지속성이 짧다. 성취라는 영광과 만족감 뒤에는 대부분 허탈감, 상실감, 두려움 등이 찾아오는 걸 경험하기 때문이다. 그러나 행복은 다르다. 행복은 지속성이 길다. 결과보다 과정에 있기 때문이다. 동메달리스트가 훈련 과정에 행복해하는 것처럼

"내 행복은 도대체 어디에 있는 거지?"라며 하소연하는 사람들도 마찬

가지다. 행복은 멀리 있지 않다. 당신과 아주 가까운 곳, 당신 일상에 있다.

하루의 일상이 시작되는 당신 집, 가장 먼저 얼굴을 대하는 당신 가족, 일터로 가는 길목에서 마주치는 이웃, 경비 아저씨, 버스 기사, 그리고 직장 동료들과의 거리에 있다. 그들과 밝게 웃으며 주고받는 인사, 말투, 그리고 다정하게 건네는 말의 횟수 등에 있다. 안녕(하세요)? 감사(합니다)! 미안(합니다)! 좋아(요), 잘했어(요)! 등과 같은.

행복은 당신이 일터에서 집에 도착하기까지 내린 선택들의 과정 안에 있다. 어떤 선택이라도 과정은 생략될 수 없다. 그러므로 그 과정마다 시행착오를 겪더라도 내가 할 수 있는 모든 노력을 다해야 한다. 습관이 될 때까지.

그리한다면 그 과정들이 교훈으로 남든, 상처로 남든 결과에 관계없이 행복한 표정으로 웃을 수 있지 않을까?

자식이 속 썩여서 행복하지 않아요

| 행복 9:1의 법칙 |

"저 사람은 행복할 거야? 남편과 금실 좋지, 죽을 때까지 돈 걱정할 필요 없지, 누구와도 원만한 관계를 맺는 편이지.. 전생에 나라를 구했나? 웬 복을 그렇게 많이 받고 태어났을까?"라는 평판을 듣는 사람들이 있다.

남들이 볼 때, 부러울 것 없는 사람들 말이다. 그러나 그들 중 일부는 행복하지 못하다고 말한다. 그 이유는 무엇일까? 행복도 9:1 법칙의 적용을 받는다는 것이다. (9;1의 법칙 : 대부분의 인간은 누군가로부터 9번 호의를 받다가도 1번의 불이익을 당하면 그 9번의 호의는 잊고서 불만족한다는 관계의 법칙을 말함.)

'행복 9:1의 법칙'이란, " 행복의 원천이 10가지라고 할 때, 그 원천들 중 9가지는 행복한 상태이고, 1가지는 부족하다. 이런 상황일 때 객관점 관점에서 보면 행복하다고 할 수 있다. 그러나 대부분 행복하지 않다고 말한다. 9가지 원천은 당연한 것이라 생각하고 부족한 1가지로 인해 행복하지 않다고 생각하기 때문"이라는 법칙을 말한다.

워킹맘 심은영(가명, 45세) 씨가 대표적이다. 그녀는 딸이 너무 속을 썩여서 행복하지 못하다고 생각한다.

< 심 씨 가족은 심 씨, 남편, 고1 딸, 중1 아들, 이렇게 넷이다. 남편 (서울의 H 종합병원 의사)과 부부 금실은 물론, 관계도 좋다. 아들도 아무런 문제가 없다. 공부도 잘하고 중1답지 않게 꿈과 목표도 갖고 있다.

빌 게이츠나 이병철, 정주영 같은 큰 사업가가 되겠다는 것이다. 꿈꾸기만 하는 게 아니다. 온라인을 통해 나이키 같은 브랜드 신발을 팔아 돈을 벌 정도로 사업 감각도 좋다. 중1 녀석이 그렇게 1년여 동안 3백만 원을 벌었다. 공부도 제가 알아서 한다. 큰 사업가가 되려면 좋은 친구들을 만나야 한다면서.

딸은 아들과 다르다. 대학을 가겠다는 목표만 있을 뿐 미래에 무슨 일을 하겠다는 꿈이 없다. 더 큰 문제는 공부를 소홀히 한다는 것이다. 영어와 수학 학원 등을 자주 빼먹는다. '학원 빠지지 말고 열심히 노력해 보자'고 말해도 대답만 할 뿐, 전혀 변하지 않는다.

딸의 그런 태도가 반복될 때마다 심 씨의 목소리가 커졌고, 딸의 반응도 점점 거세졌다. "내 인생은 내가 알아서 할 테니 제발 이래라, 저래라는 간섭 좀 하지 마~"라는 말도 하기 시작했다.

그 말을 처음들은 날, 심 씨는 혼자서 펑펑 울었다. '내가 저를 어떻게 키웠는데... 내가 호강하려는 것도 아니고, 좀 더 괜찮은 삶을 살게 해주려고 그런 건데...'라는 생각에 그동안 참고 참았던 마음이 봇물 터지듯이 무너져 내렸기 때문이다.

그 일이 있고 난 후, 심 씨는 마음을 비우기로 작정했다. 그러나 그게 잘 안돼 고민이다. 딸을 보면 또다시 설득 조의 말을 하게 되고, 결국 목소리가 높아지는 일이 반복되기 때문이다. >

심 씨가 딸과 갈등하는 근본적인 이유는 무엇일까? 딸의 미래에 기대하는 것과 딸의 생각의 차이가 크기 때문이다. 예를 들면, 딸의 꿈은 교사인데, 심 씨의 기대는 교수인 경우다. 결론은 심 씨도 딸도 행복해져야 한다는 것이다. 어떻게 하면 좋을까?

심 씨가 딸에 대한 기대를 내려놓는 것이다. 기대든, 미련이든, 집착이든 내려놓지 않으면 절대 비울 수 없다는 사실을 알아야 한다. 그런 다음, 딸의 생각이나 행동을 일단 인정해 줘야 한다.

심 씨처럼 행복 9:1 법칙 영향으로 상처받는 부모들이 많다. 행복해지기 위한 요소를 거의 다 갖췄으나 오직 하나, 자녀들이 속을 썩이는 이들 말이다. 그들이 행복해지기 위한 솔루션 역시 마음을 비우고 내려놓는 것이다.

문제는 심 씨의 경우에서 알 수 있듯, 비우고 내려놓는다는 게 참 어렵다는 것이다. 왜 어려운 걸까? 자녀에 대한 기대치는 낮추지 않은 채, 자신이 만든 울타리 안으로 들어오라고만 강요하기 때문이다.

이런 부모들이 알아야 할 게 있다. 자식 때문에 행복하지 않다는 건 착각이자 궁색한 변명일 뿐이다. 자신이 행복하지 않은 건 자식에 대한 집착을 내려놓지 않는 자신 때문이라는 사실을 알아야 한다.

죽어라 노력해도 안 되더라

우리 주변에 죽어라 노력해도 자신의 바램을 채우지 못하는 사람들이 많다. 몇 년째 공시에 도전하고 있는 공시생, 입사지원서만 수 백군데 보냈는데도 취업이 안 된다는 취준생들 또한 많다.

1년에 설날 단 하루만 쉬고 죽어라 일해도 알바 인건비보다 적게 번다는 편의점 점주들, 두 번째 창업이라 하루도 안 쉬고 죽어라 했는데 3년을 못 버티고 눈물의 폐업을 할 수밖에 없었다는 자영업자들, 체력이 고갈되는 새벽까지 배달을 해도 박봉에서 헤어나지 못한다는 택배 배달원 등 우리 주변에 안타까울 정도로 안 풀리는 사람들이 많다.

코로나 때문 아니냐고? 아니다. 코로나 폭탄을 맞아 매출이 80% 감소한 이후, 반등의 징후조차 없다는 중소기업, 소상공인들도 많긴 하지만, 그 이전인 2019년까지도 우리 주변에서 자주 접할 수 있었던 현상들이다.

그들의 공통점은 죽어라 노력해도 안 되더라는 것이다. 안 되는 이유! 아마도 수 십, 수 백가지도 넘을 것이다. 압축해 보면 2가지 이유가 핵심적이다.

첫 번째 이유는 선택을 잘못했다는 것이다. 최근 10년 사이 자영업 창업 시장을 예로 들어 보자. 고용률에 따라 달라지지만 최근 5년여 동안 우리나라의 전체 취업자 수는 평균 2,700여만 명 수준이다. 이 중 자영업 종사자 수 평균은 570여만 명 수준이다. 이를 기준으로 산출한 자영업 종사자 비율은 21.1%이다.

이는 OECD 34개 국가(2013년 기준이나 현재도 큰 변화 없음)들 중 그리스, 터키, 멕시코 다음으로 높은 수준이다. 일본과 미국은 11% ~ 9% 수준이고, 덴마크, 노르웨이, 핀란드 등 북유럽의 복지국가들은 6%~8% 수준이다. 이 수치가 의미하는 바는 무얼까? 우리나라 자영업 경쟁률이 이들 국가에 비해 2~3배 정도 높다는 것이다.

이런 구조적 환경은 비싼 임대료 시장을 만들고 가격 인하를 유노해 수익성을 악화시킨다. 게다가 골목 상권을 싹쓸이하는 대형 마트 같은 공룡과도 싸워야 한다. 과도한 경쟁이 결국 자영업자들에게 3중고란 짐을 지도록 만드는 것이다. 이 같은 3중고가 자영업 창업 후 5년 안에 열에 여덟 정도가 폐업할 수밖에 없도록 만든다.

코로나 상황이 종료되면 나아지지 않을까? 아니다. 경쟁이 더 심해질 것이다. 희망퇴직이란 명분으로 직장을 나온 이들 중 일부가 자영업에 뛰어들 것이기 때문이다. 그렇지 않아도 OECD 주요 국가들에 비해 자영업 종사자 비율이 높은데 그들의 가세로 경쟁이 더 치열해질 수밖에 없다.

취업 시장은 어떨까? 취업하기와 공시 합격하기 역시 더 어려워질 것이다. 취업 문은 더 좁아질 것이고, 공시에 도전하는 사람은 더 많아질 것이기 때문이다. 코로나 빙하기 사기업들의 인력 구조조정을 보고서 안정적인 직업에 대한 선호도가 더 높아질 것이므로.

그렇다면 사기업이나 금융 분야는 취업 문이 조금이라도 넓어질까? 아니다. 더 좁아질 가능성이 높다. 인공지능이나 자동화 로봇, 핀테크와 같은 온라인 금융 등이 확대되면서 인력 수요가 크게 줄 것이기 때문이다.

두 번째 이유는 선택받을 준비가 안됐다는 것, 즉 경쟁력이 약하다는 것이다. 자영업 시장의 경쟁이 아무리 높아도 잘나가는 사람들은 꼭 있다. 창업한 지 몇 십 년이 된 곳만 아니라 2~3년 밖에 안된 곳들도 제법 있다. 취업 시장 역시 마찬가지다. 경쟁이 몇 백대 1이 돼도 공시 합격자와 취업에 성공한 사람들은 매년 배출되고 있다.

코로나 상황이 종료되면 취업 시장도 자영업 시장도 온기가 돌지 않을까? 정말 그럴지 생각해 보자.

코로나 해빙기가 오면 국내 소비 시장은 어떤 모습으로 반응할까? "소비 붐(Consumtion Boom)"이 일어날까? 아니다. 물론, 그동안 억눌렸던 여행, 숙박, 외식업, 영화, 예술, 공연 등의 업종에는 소비를 보상받고 싶은 심리가 폭발할 것이다. 그러나 가전, 자동차든 일부 업종은 예상과 달리 2020년에 이미 구매가 활발했기 때문이다.

문제는 2가지다. 하나는 "소비 붐(짧게는 3~4개 월, 길게는 1년 정도)"이 와도 혜택을 보지 못하는 사람들이 있을 거란 것이고,

다른 하나는 "소비 붐"이란 파티가 끝나고 나면 코로나 빙하기 전보다 더 어려워지는 사람들도 있을 거라는 것이다. 경쟁이 더 심해질 것이기

때문이다. 이와 같은 과도한 경쟁 시장에서는 죽어라 노력하는 것만으로는 뜻을 이루지도 행복해지기도 어렵다.

그렇다면 그들은 이제 그만 노력을 내 놓는 게 좋다는 말인가? 백수가 과로사 할 정도로 경쟁이 격한 환경이니 말이다. 아니다. 절대 내려놓아서는 안 된다. 그렇다고 열심히 노력만 해서도 안 된다. 그렇다면 어떻게 해야 할까? 지금까지와는 다르게 노력해야 한다. 무엇을 다르게, 어떻게 다르게 노력해야 할까? 다음과 같은 5가지다.

「 다르게, 다르게 노력해야 할 5가지 」

    1 | 노력이 아니라 노력의 밀도를 높이기 노력해야 한다.
    2 | 탁월한 수준에 오르기 위해 노력해야 한다.
    3 | 멘토의 도움을 받기 위해 노력해야 한다.
    4 | 선택을 잘하기 위해 노력해야 한다.
    5 | 헤드 업 증후군을 고치기 위해 노력해야 한다.

위 5가지와 관련해서는 3장의 관련 주제들을 참조하시기 바란다.

하늘이 무너져도 내 멋대로 산다

한 조사 결과에 의하면 직장인 열에 일곱~여덟이 우울증을 앓고 있거나 앓은 경험이 있다. 주된 원인은 무얼까? 상사와의 관계다. 이 게 직장인 우울증의 90% 정도를 차지한다.

정년퇴직이나 고위 임원으로 퇴직한 이들 중에도 우울증을 앓는 이들이 있다. 갑자기 달라진 인간관계의 주도권 변화에서 오는 상실감이 주된 원인이다.

최근 들어서는 자영업 종사자는 물론, 주부들 중에도 우울증을 앓는 이들이 증가하고 있다. 코로나19 상황이 1년 넘게 진행되면서 생계에 대한 압박, 감염에 대한 두려움, 무력감 등으로 받는 고통과 스트레스 탓이다. 대면 모임 활동 중단이 장기화되는데 따른 외로움이 우울감을 느끼도록 만들기도 한다.

전업 맘들 중에도 위와 같은 스트레스를 이겨내지 못하고 우울증을 앓는 이들이 늘어나고 있다. 주부 김영애(가명, 48세) 씨도 그런 이들 중 한 명이다.

< 김 씨는 개인 사업을 하는 남편과 딸(22세), 아들(20세)과 같이 살고 있다. 직장을 다니다 아이를 낳고부터 전업주부로 지냈다. 남편은 지극히 성실한 사람이고, 자식들도 공부 잘해서 대학에 다니고 있다. 남들이 볼 때 아무런 걱정 없는 행복한 중산층 가정이다.

 김 씨는 가사와 육아, 자녀 교육을 위해 30~40대를 정신없이 보냈다. 학교 끝나고 나면 아이를 차에 태워 부리나케 이 학원 저 학원으로 이동시키는 식으로. 이렇듯, 김 씨는 "내가 주인공이어야 할 삶 대신 딸과 아들, 남편의 조연으로서의 삶을 살아왔다."고 말했다.

 하지만 그녀는 요즘 허전함과 상실감을 크게 느끼고 있다. "남편은 일 때문에 늦게 귀가해요. 애들도 대학 생활하랴, 취업 스펙 쌓으랴 매일 늦게 들어오고요." 결국, 집에는 혼자만 있게 되더라는 하소연이다.

"식사도 혼자서 라면 끓여 먹거나 미역국에 밥 말아 먹는 게 대부분이고, 혼자 TV 보는 날이 많아요. 그럴 때마다 제가 집 지키는 강아지 같다는 생각이 들더라고 요. 그냥 강아지가 아니라 우울증 걸린 집 지키는 강아지요.

구청 같은 곳에서 운영하는 수영, 요가 교실 등의 취미, 여가 프로그램에 참여해 봤냐고요? 해 봤죠. 그러나, 그때뿐이고 집에 들어오면 다시 무료해지더라고요. 요즘은 코로나 때문에 다 취소됐고요. 100세 시대라는데 내 하루의 일상은 언제까지 남편과 아이들 뒷바라지만 하며 살아야 하는 걸까? 라는 생각이 자꾸 들어 우울해지곤 해요.">

김 씨처럼 행복하지 못하다고 생각하는 주부들이 많다. 내성적이고 비사교적인 주부들 중에 많은 편이고 오십 대 이후에 갱년기를 겪는 시기와 겹치게 되면 더 많아진다. 평소에 전혀 그런 생각을 갖지 않던 주부들 역시 비슷한 심리 상태가 된다.

이런 상태의 주부들은 대부분 다음과 같이 생각한다. "내 인생인데 왜 나는 남편과 아이들만 생각하며 살았을까? 잃어버린 내 일상은 무엇으로 보상받을 수 있을까?"

그렇게 하소연하면서도 행복한 일상을 찾기 위한 새로운 선택을 하는 이들은 그리 많지 않다. 다음의 유형 중 두 번째를 신탁하는 이들이 많기 때문이다.

첫 번째, 이제부터는 잃어버린 나를 찾아 내 인생의 주인공으로 나답게 살겠다고 다짐하고 실행하는 사람
두 번째, 이러지도 저러지도 못한 채 지금까지의 연장선상에서 현실 순응적인 삶을 계속 살아가는 사람

실제로 전업 맘들의 경우, 코로나19 상황이 지속되면서 우울증을 앓는 사람이 더 증가했다. 내 인생의 주인공으로 살기 위한 탈출구 기능을 하던 골프, 배드민턴, 등산, 친목 도모 등 다양한 형태의 대면 모임이 취소돼 외로움과 무료함을 느끼는 이들이 늘어났기 때문이다.

그러나 김 씨는 요즘 하루하루의 일상이 매우 행복하다. 주변 사람들에게도 지금이 내 인생에서 가장 행복하다고 말한다. 생각해 보자. 당신이 가장 행복했다고 말할 수 있을 때는 언제, 무엇을 할 때였는지.

원하는 대학과 학과에 합격했을 때? 취업했을 때? 결혼했을 때? 아이를 낳았을 때? 내 집 마련? 맞다. 대부분의 사람들이 가장 행복했다고 말하는 원천들이다.

김 씨는 모두 아니라고 말한다. 무엇이 그녀가 그렇게 말할 수 있도록 만든 것일까? 계속 이어지는 김 씨의 사례다.

< 코로나 바이러스가 전 세계로 확산돼 팬데믹 선언이 있던 즈음에 남편이 자유 선언을 하더군요. 1년 정도 산에 들어가 자연인으로 살고 싶다고요. 하던 사업의 매출이 전년 대비 80%나 격감하자, 충격을 받았거든요. 그러나 남편이 받은 더 큰 충격은 아무리 노력해도 소용없더라는 거였죠.

회사에서는 무력감, 집에서는 자괴감 같은 감정들이 뒤엉켜 잠이 안 오고 숨이 막힐 것 같은 고통이 반복되자 결심했다고 합니다. "이러다 죽을지도 모르겠다. 아내만 허락하면 모든 걸 내려놓고 산으로 들어가 살겠다"고요. 결국, 허락했습니다. 고통스럽다는데 우선, 사람 살리는 게 먼저라는 생각이 들었기 때문에요.

처자식을 내팽개친 채, 떠나는 남편의 뒷모습을 보며 오만가지 생각이 떠올랐습니다. "내가 이런 남자와 20년을 넘게 살았구나.."란 생각에 열병 앓듯이 앓기도 했고요. 그러나 지금은 다 나았습니다. 시를 쓰겠다는 꿈을 가지면서부터요. "십만 부 이상 팔리는 시집을 출간하겠다"는 목표도 세웠어요.

이젠 아침이 기다려져요. 눈 뜨고 일어날 때마다 설레고 가슴이 뛰기 때문이죠. 어제 쓴 시의 이 부분을 이렇게 바꿀까, 이 단어를 쓸까, 저 단어를 쓰는 게 더 나을까 생각하느라고요. 제 인생에서 무언가에 이렇게 열정적으로 몰입했던 적이 없었어요. 그렇게 몰입하다 보니 언제부턴가 잃어버린 나를 완전히 찾은 느낌이 들더라고요. >

주부들만 그런 게 아니다. 모든 사람에게 가장 행복한 인생이란 "내 인생의 주인공으로 나답게 사는 삶"이지 않을까? 그런 나로 살려면 무엇을, 어떻게 해야 할까? 먼저, 꿈과 목표를 갖는 게 필요하다.

그런 다음, 열정적으로 몰입해야 한다. 이 몰입이 우울증 치료제이자 행복한 일상을 만들게 하는 특효약이다. 가치를 창출하는 일에 몰입하든, 취미나 여가 생활에 몰입하든, 남을 돕는 일에 몰입하든 관계없다. 그 꿈을 찾아 힘차게 달려 보시라. 더 이상 우울증이라는 행복 장애물이 당신 곁에 얼씬도 하지 못할 것이다.

나는 누구인가?
착한 딸인가.
철 안든 아들인가.
돈 잘버는 남편이자 아빠인가.
전업 맘인가, 워킹 맘인가.
앵그리 맘인가, 해피 대디인가.

나에게 해당되는 것도 있고, 그렇지 않은 것도 있을 것이다. 그렇다면 어떤 나로 살고 싶은가? 건강한 나? 능력 있는 나? 행복한 나? 모두가 꿈꾸는 '나'들이다. 어떻게 하면 그런 나로 살 수 있을까? 내 인생의 주인공으로 사는 것이다. 시를 쓰는 순간이 가장 행복한 시간이라는 김영애씨 처럼.

당신이 만약, 다음과 같은 질문을 받는다면 뭐라고 대답할 것인가.

"내 인생의 주인공으로 나답게 살고 있는가?"

자신 있게 "그렇다"라고 답할 수 있는 사람은 그리 많지 않다. 많은 사람이 자기 인생의 주인공 대신, 남 인생의 조연이나 단역으로 살아가기 때문이다. 아예, "내 인생의 주인공이란 말이 뭔 뜻? 먹고살기도 힘든 세상에.."라며 관심 없이 사는 사람들도 제법 많다.

명문대가서 대기업이나 공기업 직원, 공무원이 되면 그런 나로 살 수 있을까? 맞다. 그러나 그들 모두가 그런 나로 사는 건 아니다. 그들 중에도 주인공 대신 머슴처럼 사는 사람들이 많다.

3년 동안 취업하지 못했다고, 공시에 다섯 번 실패했다고, 고교만 졸업했다고 그런 나로 살기 힘들까? 아니다. 쌍둥이 자녀 육아와 교육, 가사에 매진해야 하는 전업 맘이라고 그렇게 살 수 없는 것도 아니다. 그들도 얼마든지 그런 나로 멋지게 살 수 있다. 그런 나가 되기 위해 중요한 건 무얼까? 앞서 언급했던 꿈과 목표를 갖고 몰입하는 것이다. 자신의 본분("본래의 직분에 따른 책임과 의무")를 다하는 것도 중요하다. 꿈과 목표를 이루기 위해 몰입하다 보면 아주 이기적인 사람이란 평판을 평생 지고 가야 할 수 있기 때문이다.

모든 인간은 기본적으로 4가지 본분이 있다.
"자식으로서의 나, 형제로서의 나, 직장이나 일터에서의 나, 친구로서의 나" 등.
결혼한 사람은 4개가 더 추가된다.
"가장이나 주부, 남편이나 아내, 엄마나 아빠, 며느리나 사위로서의 나"

현실은 어떨까? 자신의 본분은 다하지 못하면서 자기 마음 내키는 대로 사는 사람들이 많다. 그들의 공통적인 레퍼토리는 "내가 알아서 할 테니, 제발 나 좀 내버려 둬!"이다. "내 인생의 주인공은 나"라면서 "내 맘대로" 살겠다는 것이다. 이같이 이기적인 사람들은 다른 구성원들과의 관계에서 갈등이 발생할 수밖에 없다.

갈등이 심해지면 구성원들과 상처를 주고받는 언행이 수반된다. 그들에 대한 평판은 어떨까? 구성원들로부터 "제 앞가림도 못하는 X이 뭐? 어쩌고 저쩐다고? 웃기시네~"라는 식으로 무시당하거나 따돌림당하게 된다.

그렇다고 본분을 다한 사람은 "내 맘대로 살아도 된다"는 건 아니다. "아내가 하라는 대로 하는 나", "부모님이 원하는 대로 하는 나"로 살아야 한다는 것도 아니다. "내 멋대로 나답게 사는 나"가 되라는 거다.

(* 내 맘대로 사는 나 : 상대가 누가 됐든 눈치 보지도, 간섭하지도, 신경 쓰지도 않는 상태로 내 맘 내키는 대로 사는 사람을 말한다.
 * 내 멋대로 사는 나 : 나의 개성, 정체성, 가치관, 라이프스타일대로 살면서도 배우자나 부모, 상사 등 가까운 사람들로부터 인정받고 존중받으며 사는 사람을 말한다.)

학력이나 직업, 나이 등에 관계없이 누구나 행복 역으로 가는 인생 마라톤의 출발선에 설 기회를 갖는다. 다른 사람들보다 2~3년 늦게 출발했다고, 완주 의지와 체력, 솔루션 없이 출발했다고 문제가 되는 건 아니다. 당신에게 중요한 건 오직 하나다. 언제, 어떻게 출발했든, 인생 마라톤의 행복한 완주자가 돼야 한다는 것이다.

내 잘못은 안고, 남 잘못은 지고 다닌다

최근 들어 며느리 눈치 보며 산다는 시어머니들도 제법 있다. 하지만 여전히 시어머니를 어려워하고 불편해하는 며느리들이 대부분이다. 당연히 서로 상처를 주고 받는 고부 관계도 많은 편이다.

그런 시어머니들 대부분은 며느리 입장에서가 아니라 시어머니 자신의 입장에 서서 고부관계를 본다. 이런 관점에서 보면 며느리의 단점, 나쁜 점만 눈에 들어 온다. 고부관계가 좋지 않은 것도 며느리 네 탓이지, 시어머니인 내 탓이 아니다. 며느리와 갈등하며 상처를 주고 받는 김인숙(62세, 가명) 씨가 대표적인 사례다.

도대체 내가 뭘 잘못한 걸까??

< 김 씨 자신은 잘해준다고 노력했는데도 시댁에 발길을 끊은 며느리로 인해 속이 상한 상태다. 그런 며느리를 두둔하는 아들 녀석은 더 괘씸하다. '내가 저를 어떻게 키웠는데'라는 생각이 들어서다.

김 씨와 며느리 사이가 나빠진 계기는 이렇다. 김 씨는 결혼 후에도 아들 내외가 주말마다 찾아오기를 원했다. 특별한 대소사가 없는 주말에 온 가족이 모여 식사하며 이야기꽃을 피우는 것을 김 씨는 참 좋아했다. 손주를 낳고 나자, 아들 내외가 주말마다 방문하기를 더 원했다. 손주 재롱떠는 모습이 너무 예쁘고 귀엽기 때문이었다.

  그런데 며느리는 주말에 시댁에 오는 게 싫은 모양이었다. 성격이 그래서 그런지, 불만이 쌓여서 그런지 시댁에 와서 별로 말이 없다. 그렇다고 며느리에게 요리 시키고 밥하고 청소기도 돌리라는 식으로 부려 먹지는 않았다. 가족이 식사를 하고 나면 설거지하고 후식으로 과일과 커피를 타는 정도만 시켰다.

  결혼 후 4년을 그렇게 보내서 별문제가 없는 줄 알았다. 그러다 어느 주말에 사건이 터졌다. 친구들 모임이 있다며 외출했다 돌아온 아들 녀석이 설거지 끝나고 빨래를 널고 있던 제 아내를 보더니 정색을 하며 말했다.

"엄마, 수연이가 가사도우미야? 주말마다 불러 설거지 시키는 것도 부족해 이젠 빨래까지 시켜? 좀 더 있으면 청소도 요리도 다 하라고 시키겠네? 수연이도 주말에는 푹 쉬어야 할 워킹맘이야, 제발 그러지 좀 마."

이렇게 한바탕 소리를 친 아들이 가방을 챙기더니 며느리와 손주를 데리고 제 집으로 쌩 소리를 내며 가버렸다. 그 뒤로는 며느리는 물론, 아들 녀석도 김 씨네 집에 발을 끊었다. 김 씨는 속상했지만 며느리에게 전화를 걸었다. 그러나 며느리는 받지 않았다. 결국 다음과 같은 문자를 보냈다.

"주말에 시댁 오는 게 그렇게 싫든? 설거지하고 과일 챙기는 게 그렇게 싫었니? 난 결혼해 40년 동안 매일 시부모님 모시고 살았다. 삼시 세끼 밥하고 설거지했고, 농번기 때는 간식까지 다섯 끼를 차려야 했다. 뭐가 불만인 게냐. 불만이 있으면 이야기해봐라. 대화를 해봐야 네 맘속 응어리를 풀어 줄 것 아니냐..."

그러나 문자에도 며느리의 답은 없었다. 아들 녀석만 잠시 동안은 서로 생각하는 시간을 갖자고 할 뿐. 김 씨는 아들과 며느리의 그와 같은 행동에 울화통이 터진다. "내가 도대체 뭘 잘못한 걸까?"라는 생각이 들 때마다. >

며느리는 시금치를 좋아하지 않는다?

김 씨는 정말 잘못한 걸까? 아니면 며느리가 잘못한 걸까? 아들이 잘못한 것일까? 누구도 잘못한 사람은 없다. 각자 자신의 가치관이란 색이 칠해진 안경을 끼고서 상대를 봤기 때문이다.

김 씨와 며느리 간 갈등을 풀 열쇠는 김 씨가 가지고 있다. 김 씨가 가장 먼저 할 일은 '내 탓이 아니라 네 탓'이란 이기심으로 가득 찬 마음을 비우고 내려놓는 것이다.

주말마다 시댁에 오라는 것 자체가 이기심이다. '나는 40년 동안 시부모를 모시고 살았는데 넌 주말만 같이 지내는 게 뭐 그리 불편하고 힘들다는 거니?'라는 생각 자체가 며느리를 존중하지 않는 것이다. 주변을 봐라. 한 달에 한두 번, 또는 1년에 몇 번 정도 들르는 며느리들이 훨씬 많다.

김 씨가 며느리와 아들의 생각을 먼저 존중하는 게 답이다. 며느리는 시댁에 가는 것 자체가 불편하다. 아무 것도 안 해도 마찬가지다. 워킹맘은 더 그렇다. 왜 며느리들이 시금치를 안 먹는다고 하는지 아는가? 조금 과장된 표현이긴 하지만 '시' 자만 나와도 속이 더부룩하고 소화가 안되기 때문이라지 않은가.

셀프 효도, '출세맘', "라떼는 꼰대다"는 말이 왜 젊은 세대의 공감을 얻는지 생각해 보시라. (출세맘 : 아침엔 회사로, 저녁엔 집으로, 주말엔 시댁으로 등 출근하는 곳이 세 곳인 자녀가 있는 여성을 말함.)

라떼 시어머니 역시 마찬가지다. 며느리들로부터 꼰대 시어머니로 불릴 뿐이다. 그들 대부분이 김씨처럼 자신의 경험과 생각, 가치관을 며느리에게 강요하기 때문이다.

부디, 모든 게 며느리 네 탓이란 마음을 비우시기 바란다. 그 대신 고부갈등의 대부분은 시어머니인 내 탓이란 마음으로 가득 채우시라. 그 길이 며느리는 물론, 아들과 손주가 행복해지는 길이자, 시어머니 당신도 행복해지는 길이다.

"남 잘못은 안고, 내 잘못은 지고 다닌다."는 말이 있다. 남의 잘못을 안고 다니면 눈에 잘 띄므로 흉을 보거나 잔소리를 하고, 지적하면서 간섭하게 된다. 반면, 지고 다니는 자신의 잘못은 잘 보이지 않으므로 신경을 덜 쓰게 되고 결국 잊게 된다는 의미의 말이다.

이 말을 다음과 같이 반대로 실천하는 것이 김씨의 고민을 해결해 줄 솔루션이 될 수 있다.

"내 잘못은 안고, 며느리 잘못은 지고 다니자!"로.

김 씨가 자신의 잘못을 안고 다니면 지고 다닐 때보다 눈에 잘 띌 수밖에 없다. 며느리 네 탓보다 시어머니인 내 탓을 많이 할 수밖에 없다. 며느리 잘못은 잘 보지 못하기 때문이다. 이제부터라도, "내 잘못은 안고, 남 잘못은 지고 다니는 사람"으로 진화하시기 바란다.

2장

나는 맘 편하게
살기로 했다☺

맘 편히 사는 데 걸림돌이 되는 습관의 원천들

마음을 완전히 비우고 내려놓으려는 데도 왜 잘 안되는 걸까? 경제적 문제, 체면, 자존감, 가치관, 탐욕, 우유부단한 성격 탓 등의 이유를 버리지 못하기 때문이다. 무엇을 버리지 못하는 걸까? 맘 편하게 사는데 걸림돌로 작용하는 다음과 같은 습관의 원천들이다.

「 맘 편하게 사는 데 걸림돌이 되는 습관의 원천 10가지 」

1 | 이기심

2 | 네 탓하는 습관

3 | 미련

4 | 두려움

5 | 분노, 증오

6 | 집착

7 | 외로움

8 | 불만, 스트레스

9 | 자존심

10 | 자식

물론, 위 10가지 이유들 외에도 맘 편하게 살기 위해 비우고 내려놔야 할 원천들은 많다. 그중 하나로 욕심을 들 수 있다. 욕심 없는 사람은 없다. 물론, "나는 돈과 명품에도 관심 없고 지위나 명예에 대한 욕심도 없다."고 말하는 사람들도 있다.

그러나 그들은 욕심의 범위를 너무 좁게 잡은 사람들이다. 위와 같은 욕심 외에도 식탐, 성욕, 성취욕 등과 같은 다양한 욕구들이 많다.'수석(기이한 형상을 가진 돌을 수집하여 그 멋을 감상하며 즐기는 취미를 말함)하는 사람들을 예로 들어 보자.

그들 대부분은 산이나 강가에서 돌을 수집하고 감상하면서 소소한 행복감을 느낀다. 그러나 그렇지 않은 사람들이 있다. 기이한 돌에 대한 욕심이 많은 사람들이다.

그런데 얼마 전에 같은 취미를 가진 친구가 1억을 줘도 안 판다고 할 정도로 멋진 돌을 수집했다. 그 뒤로부터는 자신의 돌은 지극히 평범한 돌로 보인다. 돌을 바라볼 때마다 은근히 열불도 난다. 전혀 행복하지도 않다. 2억을 줘도 안 팔 정도의 돌을 수집하겠다며 주말마다 전국의 산과 강가를 찾지만 매번 허탕이다.

돌아오는 차 안에서 생각한다. "그 녀석은 그 돌을 볼 때마다 얼마나 행복할까"라는. "내 돌도 괜찮은 게 있잖아!"라며 마음을 비우려 해도 그게 잘 안된다. 왜 잘 안되는 걸까?

담배 골초가 어느 날부터 담배를 뚝 끊는 것만큼 어렵기 때문이다. 이번 장의 뒷부분 주제들에서 어떻게 하면 좋을지 생각해 보자.

빈손으로 왔다가 빈손으로 가는 게 인생이라며 욕심을 너무 안 가지는 것도 문제다. 그런 사람은 가진 게 별로 없다는 공통점이 있다. 소비가 미덕인 자본주의 세상을 살아가려면 주변 사람들에게 상처를 주지 않을 정도의 욕심을 갖는 것도 필요하다.

지나친 근심 걱정, 간섭, 원망 등도 맘 편하게 살기 위해 비우고 내려놔야 할 습관의 원천이다. 그러나 이 원천들 대부분은 위에서 언급한 10가지 이유 안에 포함돼 있어 별도로 다루지는 않는다.

그렇다면 맘 편하게 살기 위해, 더 행복해지기 위해 위 10가지 모두를 비우고 내려놔야 할까? 그럴 필요 없다. 당신이 행복해지기 위해 필요한 원천들만 비우고 내려놓으면 된다. 사람마다 다르겠지만 2~3가지 정도 아닐까? 물론, 1가지인 사람도 있겠지만 대부분 5가지를 넘지 않을 것이다.

흘러가지 않는 일상은 없다

< 결혼 3년 차 맞벌이 부부, 김민성(가명, 35세) · 이유진(가명, 32세) 씨! 두 사람은 요즘 그다지 행복하지 않다. 가사와 육아에 대한 관점의 차이로 인한 갈등이 주된 이유이다. 남편 김 씨의 관점은 아내를 최대한 도와준다는 것이다. 아내 이 씨의 관점은 다르다. 가사와 육아는 부부 공동의 의무라며 50:50으로 분담해야 한다고 말한다.

두 사람 사이에는 생후 14개월 된 딸이 하나 있다. 주 중인 월~금 아침부터 저녁까지는 이 씨의 친정 엄마가 아이를 볼 봐준다. 두 사람은 월~금 퇴근 후부터 출근 전까지, 그리고 주말 동안 아이를 돌본다. 문제는 두 사람의 육아에 대한 관점이 조금 다르다는 것이다.

김 씨는 아이 돌보는 일보다 친목 모임이나 경조사에 참석하는 것을 더 우선하는 편이다. 그래도 싱글일 때에 비해 참석률을 많이 낮췄다. 결혼식이나 조문 갔을 때 머무르는 시간도 많이 줄였다. 집에서 아이 돌보고 있을 아내 얼굴이 자꾸 떠오르기 때문이다. 그런데도 아내는 불만이 많다.

> "경조사 참석하는 거 좀 더 줄이면 안 돼? 꼭 가야 할 데 말고는 송금하면 되잖아. 술 마시고 당구 치는 것도 좀 줄이고. 내가 육아와 가사는 50:50이어야 한다고 그랬잖아. 이게 80:20이지, 50:50이야? 자기만 인간관계가 중요해? 직장 생활하려면 나도 중요해. 왜 자기 입장만 생각해? 어쩜 그렇게 이기적이야?"

문제는 김 씨 나름대로는 육아와 가사에 최대한 도움을 주려 하는데도 아내의 이 같은 불만 표출의 빈도가 갈수록 잦아진다는 것이다. 그럴 때마다 김 씨는 상념에 잠기곤 한다.

> "어쩜 그렇게 이기적이냐고? 그럼, 자기는 그렇지 않다는 거야? 직장 다녀서 알만한 사람이 그렇게 이해를 못 하다니. 자기 도와주려고 일찍 들어오려고 발버둥 친다는 것 정도는 알아줘야 하는 거 아냐? 내가 이러려고 결혼했나? 아, 싱글의 자유가 그립다. 되돌릴 수도 없고. 나는 어떡해야지?">

　가사와 육아 문제를 자신의 관점에서 만 보는 이기적인 맞벌이 3년 차 부부의 갈등 사례다.

　이기심! "자기 자신의 이익만을 꾀하거나 남의 이해는 돌아보지 않는 마음"을 말한다. 이기심이 왜 행복해지기 위해 비우고 내려놔야 할 10가지 중 하나일까? 위 사례처럼 이기적인 마음은 가까운 사람들과 갈등을 유발하고 상처를 준다. 그 상처가 언젠가는 결국 내게로 되돌아오기 때문이다.

　그렇다면 이기심은 전부 비워야 할까? 아니다. 전부 비우는 것도 바람직하지는 않다. 모두 비워버리고 남을 위하는 이타심으로 가득 채운다고 좋은 것만은 아니다.

　생각해 보자. 만약 당신 남편이 이타심이 넘쳐 나는 사람이라면 어떻게 될까? 갈등 없이 행복할 수 있을까? 새로운 갈등이 나타날 가능성이 높다. 부모, 형제는 물론 이웃들에게도 이것저것 퍼 줄 가능성이 높기 때문이다. 다음과 같은 하소연을 하는 40대 중반의 어느 여성처럼.

"모든 사람은 이기적이라고요? 내 남편은 예외예요. 남편은 가족보다 친구가 먼저죠. 우리도 빠듯한데 친구들한테 돈 빌려줬다 못 받은 게 많아요. 정말 미치겠어요. 남편이 너무 이타적이라서 갈등이 많아요"

이처럼 "모든 인간은 이기적이다"는 말에 공감이 가지 않는다는 이들도 있다. 일리 있는 말이다. 하지만 그런 사람들도 대부분 결정적 상황에서는 이기적으로 변한다.

무언 가든 지나치거나 모자라는 것도 바람직하지 않다. 이기심도 예외가 아니다. 완전히 비우는 것보다 적당히 비우는 게 좋다. 이타심 역시 마찬가지다. 적당히 채우는 게 좋다.

내가 원하는 것을 갖지 못하면 행복해지기 어렵다. 그렇다고 내가 원하는 것을 모두 갖는다고 맘 편하게 살 수 있는 것도 아닌 게 세상 이치이다. 마찬가지다. 내가 이기심을 비우고 내려놓겠다 마음먹는다고 그렇게 술술 풀리는 것도 아니다. 맘 편하게 살기, 행복해지기가 그렇게 만만하지 않다는 얘기다.

문제는 위 사례의 부부와 비슷한 커플들이 많다는 것이다. 이기심을 비운다고 갈등이 사라지는 것도 아니다. 이기심 비우기 외에 배우자의 생각, 말, 습관, 가치관을 인정하는 것도 중요하다. 그보다 더 중요한 게 있다.

두 사람 앞에 닥친 일상들은 강물처럼 흘러간다는 것이다. 5년 정도 지나면 현재보다 조금 자유로운 일상, 10년이 지나면 훨씬 더 자유로운 일상을 누릴 수 있다. 100여 년이란 인생의 긴 여정에서 누구나 겪게 되는 과정이라 생각하면 싱글의 자유를 그리워할 일도, 육아와 가사 문제로 갈등할 일도, 다툴 일도 대폭 줄어들지 않을까?

찢어진 우산이라도 없는 것보다 낫다?

외도, 폭언과 폭력 등 상식적으로 도저히 용서받지 못할 배우자와 이혼하지 않은 채 살아가는 사람들도 많다. 그들은 왜 그렇게 사는 것일까? 경제적 두려움, 자녀, 주홍글씨 등 저마다 그 이유가 다르다. 그중 가장 큰 이유는 무얼까? 배우자에 대한 미련을 내려놓지 못한다는 것이다.

배우자의 무엇에 미련을 버리지 못하는 걸까? 참고 기다리다 보면 변할 것이라는 막연한 기대다. 특히 배우자의 외도에 대해 그런 편이다. 결혼 17년 차 주부인 김현지(45세, 가명) 씨가 그런 경우다.

< 만취가 된 남편이 그러더군요. 이혼하면 안 되겠냐고요. 그 말에 충격을 받았습니다. 1년 전 남편이 바람피운다는 걸 알았을 때보다 더 큰 충격이었습니다. 헤어지지 않으면 당장 이혼하겠다고 했었죠. 남편이 사과하면서 그 여자와 헤어지겠다고 해서 그런 줄 알고 있었거든요. 1년 동안 저를 감쪽같이 속였다는 사실에 배신감이 느껴지더군요. 딸과 아들은 이번엔 용서가 안 된다며 이혼하라고 그러더군요. 문제는 저입니다. 남편한테 계속 큰소리쳐 왔지만 속으론 두려웠습니다. 게다가 아직은 남편을 사랑하고 있습니다. 그런데 남편이 이혼하자고 그러네요. 아무리 취중이었지만요.

고민입니다. 남편 말대로 이혼할 수도 없고, 그 여자와 바람피우는 걸 모른 척 할 수도 없어서 말입니다. 제가 어떻게 해야 할까요? 바람피우는 남자도 나이 들면 철이 들어 조강지처한테 돌아온다던데 그때까지 기다려야 할까요? 그 말이 정말 맞는 걸까요? 제가 남편에 대한 미련 때문에 미련한 여자가 된 건가요? >

우산이 없어도 괜찮아?

 김현지 씨는 어떻게 하는 게 좋을까? 어떤 선택을 하든 후회하고 상처를 받을 가능성이 높다. 사람마다 관점이 다르므로 선택 대안 역시 다를 것이다. 중요한 건 2가지다.

하나는 어떤 선택을 하든 행복 총량이 큰 쪽을 선택하는 게 좋다는 것이다. 김 씨 가족의 행복 총량을 산출해 보자. (산출 대상 : 김 씨 부부, 딸, 아들)

* 김 씨 가족의 행복 총량 산출 예 (대상이 4명이므로 400점 만점 기준임)
1. 김씨 부부가 이혼했을 때 : (120) 김씨 10, 남편 50, 딸 30, 아들 30
2. 김씨 부부가 이혼하지 않았을 때 : (200) 김씨 70, 남편 30, 딸 50, 아들 50

 물론, 실제는 달라질 수 있다. 그러나 김 씨 가족의 경우는 위의 예와 비슷하지 않을까? 그러므로 김 씨는 김 씨대로, 자녀들은 자녀들대로 아빠를 설득해야 한다. 뱀이 꼬여도 어쩔 수 없다. 상처야 남겠지만 가정이 해체되지 않는 것이 가족 모두에게 최선의 선택이 될 가능성이 높기 때문이다.

 다른 하나는 남편, 아빠란 우산이 없어도 괜찮다는 선택을 하는 것이다. 시련은 있어도 살아가는데 큰 문제는 없기 때문이다. 우산은 비가 오는 날에 필요하다. 그렇다면 그런 날이 1년에 며칠이나 될까?

 우산 없이 걸으면 온몸이 흠뻑 젖는다. 감기 몸살을 앓을 수도 있다. 그런데 만약 김 씨 남편 같은 찢어진 우산을 쓴다면 어떨까? 오십 보 백 보일 것이다.

찢어진 우산이라도 없는 것보다 나을 때가 있다

찢어진 우산은 아무리 잘 꿰매도 빗물이 샌다. 바람피운 사람 역시 마찬가지다. 또 바람피우게 돼 있다. 나이 들면 조강지처한테 돌아 온다는 말이 있지 않느냐고? 그 건 옛날 옛적에 남자들이 돈 떨어지고 늙고 병들던 시절 얘기다. 요즘은 연금도 있고, 비아그라 같은 약도 있어 80대까지 바람피우며 사는 사람들이 있다는 사실도 알아야 한다.

그렇다고 미련 없이 이혼하라는 얘기는 절대 아니다. 찢어진 우산에 대한 미련을 내려놔야 마음을 비울 수 있고, 어떤 선택을 해도 행복의 밀도를 떨어뜨리지 않을 수 있다는 뜻이다.

김 씨 사례에서는 바람피우는 남편을 의미했다. 원래의 의미는 남편과 아내, 가장과 주부, 아빠와 엄마로서 자신의 본분을 다하지 않는 사람을 말한다. 그런 배우자와 살고 있는 사람들이 새겨들어야 할 말이 있다. 배우자가 변해서 새사람이 될 수 있지 않을까란 미련은 내려놓는 게 좋다. 그런 사람은 백? 아니, 천에 한 둘 정도일 것이다.

세상에는 가질 때보다 버릴 때 더 좋은 것들이 있다. 그중 하나가 찢어진 우산에 대한 미련이다. 세상의 이치가 그러니 이제 그만 내려놔라. 그런 다음, 일반 쓰레기봉투에 모두 담아서 버려라. 찢어진 우산을 버리라는 건 아니다. 그래도 없는 것보다 나을 때가 제법 있다. 찢어진 우산에 대한 미련을 버리라는 뜻이다.

비록 찢어진 우산이라 해도, 없이 걸을 때보다는 비를 덜 맞게 해준다는 말을 하려는 게 아니다. 배우자, 부모 같은 찢어진 우산은 가만히 있더라도 산소 같은 존재로 빛을 발할 때가 제법 있다는 뜻이다.

그런다고 찢어진 우산이 새 우산이 되는 경우는 매우 드물다. 일단, 찢어진 우산에 대한 미련을 비우고 내려놓은 다음에 심사숙고하라는 뜻이다.

나는 김연아보다 더 많이 넘어지기로 했다

차라리 이혼하는 게 더 행복하게 살 수 있는 사람들도 많다. 그런데도 그들은 왜 망설이는 것일까? 비우고 내려놓지 못하는 게 있기 때문이다. 바로 경제적 두려움이다. 재혼 3년 차 주부 백선희(38세, 가명) 씨가 그런 경우다.

< 첫 남편의 상습적인 폭언과 폭력으로 결혼 5년 만에 이혼했습니다. 그리고 1년 만에 재혼했네요. 지금의 남편은 연애할 때 저에게는 물론, 딸 한 테도 잘 해주었습니다. 제게 프러포즈 하면서 "내가 초혼이지만 결혼해도 영은이는 내 딸이다."고 말할 땐 너무 감동했습니다. 아무 말도 못 하고 그저 눈물만 뚝뚝 흘렸었습니다.

　그런 남편이 결혼한 뒤부터 변하더군요. 술 마시고 들어온 날은 여섯 살 된 딸아이를 함부로 대하곤 했습니다. 그래도 재혼 후 1년 동안 큰 문제는 없었습니다. 그렇게 1년이 지나고 아들도 낳았고요.

　그러나 지금은 재혼한 게 너무나 후회가 됩니다. 남편은 그 어린아이를 심하게 혼내기도 하고, 가끔씩 회초리를 들기도 합니다. 딸을 혼낼 때마다 저 혼자 얼마나 우는지 모릅니다.

　여러 차례 대화를 통해 부탁도 해보고 사정도 해봤습니다. 결혼 전에는 그렇게 잘 통하던 사람이 더 이상 대화가 안 되더군요. 딸에게 다정하게 대해 줬으면 좋겠다고 말하면 "내가 너희를 다 먹여 살리지 않느냐..”는 식으로 큰소리칩니다. 그런 말을 들을 때마다 치가 떨려서 말이 안 나오지만 점점 더 그런 남편의 눈치를 보게 됩니다.

이혼을 수 백 번도 더 생각했습니다. 그럴수록 경제적 문제가 고민입니다. 이혼하고 나서 딸하고 둘이서 살아야 한다고 생각하니 자신이 없네요. 닭볶음탕을 좀 잘한다는 것 외에 특별히 잘하는 것도 없고 모아 둔 돈도 없기 때문입니다.

좋은 남편 만나 행복하게 살고 싶었습니다. 그런데 두 번째 선택도 가시밭길이네요. 제 인생은 왜 이렇게 안 풀리는 걸까요? 이제 저는 어떻게 해야 할까요? >

백씨는 어떻게 해야 할까? 이혼하는 것이 좋을까? 아이들을 위해 자신의 삶을 희생하며 사는 것이 나을까? 그도 아니면 남편이 딸에 대한 마음과 행동이 바뀌도록 끊임없이 대화하고 상담도 받는 등의 노력을 해야 할까?

3가지 대안 중 하나를 선택하는 건 자유다. 그전에 반드시 해결해야 할 게 있다. 경제적 두려움을 내려놓아야 한다는 것이다. 의지만 있으면 여성으로써 월 200만 원 정도 벌 수 있는 일은 많은 편이다. 문제는 그 정도로 먹고 살 수는 있어도 경제적 자유를 얻기 위한 저축은 어렵다는 것이다.

그러므로 특별히 잘하는 기술이나 재능이 있는 게 좋다. 문제는 백씨처럼 특별하게 잘하는 게 없는 사람들이다. 이런 경우, 다음과 같은 3가지 조건을 갖추기 위해 노력해야 한다. 2가지는 단기적 조건으로 "체면은 낮추고 체력은 높여야 한다"는 것이다. 할 수 있는 일들이 대부분 3D 업종인데다 감정 노동과 관련돼 있기 때문이다.

"그래도 그렇지, 대학 나온 내가 어떻게 식당 서빙을 하지?"등과 같은 체면을 모두 내려놔야 한다. 체력은 왜 높여야 할까? 대부분이 하루 종일 서 있어야 하는 일들이기 때문이다. 나머지 1가지는 중기적으로 갖춰야 할 조건이다. 어떤 일이 있더라도 3년 정도 이내에 잘하는 것을 만들어야 한다. 아니, 잘하는 수준을 넘어 탁월하게 잘해야 한다.

백씨 역시 마찬가지다. 이혼을 하든, 하지 않든 당장 오늘부터 3가지 조건을 갖추기 위해 이를 악물고 노력해야 한다. 그리하면 치가 떨리는 일은 더 이상 겪지 않아도 될 것이다. 가슴을 펴시라. 비록 수중에 돈이 없더라도 남편 눈치 보거나 위축될 필요 없다.

경제적 두려움으로부터 자유로워질 수 있는 길을 향해 힘찬 첫 발을 내디디시라. 내 인생의 주인공으로 살기 위한 첫걸음 말이다.

다행히 백 씨에게서는 희망이 보인다. 닭볶음탕 요리를 잘한다는 것이다. 잘하는 수준에 머물러서는 안 된다. 끝내주게 맛있다는 평판을 얻어야 한다. 그 레시피가, 그 평판이 맘 편하게 살 수 있는 초석이 될 것이다.

물론, 그런 레시피를 개발할 때까지 숱하게 실패할 것이다. 넘어지는 걸 두려워하지 마시라. 넘어질 때마다 김연아 선수를 떠올리시라. 김 선수가 차가운 빙판에 엉덩방아를 찧은 회 수에 비하면 당신의 넘어짐은 넘어졌다고 말할 수 없을 정도일 것이다.

다음과 같은 말로 스스로를 격려하시라.

"넘어지지 않고 일어서는 사람은 없다. 나는 김연아보다 더 많이 넘어지기로 했다!!"

그리되면 길을 찾을 수 있을 것이다. 요리사로 취업하든지, 닭볶음탕이나 삼계탕 전문 식당을 오픈하든지, 제3의 길을 가든지.

이제 그녀는 맘 편하게 살 수 있을까?

1장, "앞만 보고 잘 달리면 행복해질 줄 알았다 "에서 가장의 분노를 언급했다. 사례의 주인공인 안승일 씨가 행복의 밀도 자가진단을 한다면 몇 단계에 체크할까? 1단계나 2단계이지 않을까? 가족들로부터 따돌림 당하고 있다고 생각하기 때문이다.

어떤 이유로든 분노하고, 그로 인해 누군가를 증오하는 사람은 행복해지기 어렵다. 습관화가 되면 화병에 건강을 해칠 수도 있다. 웃음과는 정반대로 분노가 우리 몸의 면역력을 약화시키기 때문이다. 래드포드 윌리엄스라는 이는 "매일 화를 내고 분노하는 사람은 소량의 독약을 매일 복용하는 것과 같다"고 했다.

이처럼 분노는 마음과 몸을 망치는 독약이다. 증오 역시 마찬가지다. 흡연과 음주보다 더 해롭다. 이러한 분노와 증오의 포로가 돼서는 안된다. 맘 편하게 살려면 비우고 내려놓아야 한다.

그러려 해도 그게 잘 안된다고? 그럴 것이다. 도저히 용서가 안 되기 때문일 것이다. 그래도 분노와 증오는 내려놔야 한다. 내려놓지 않으면 새로운 갈등에 상처를 입고 분노가 재발할 수 있기 때문이다.

남편의 외도 문제로 갈등하다 결혼 6년 만에 이혼한 프리랜서 웹툰 작가인 안예지(38세, 가명) 씨가 그런 경우다.

< 합의 이혼서류를 제출하고 나서 제가 한마디 했습니다. "인생 그런 식으로 살지 마라. 두 번 다시 보고 싶지 않다. 양육비도 필요 없으니 아빠랍시고 딸 앞에 절대 나타나지 마라"라고 말입니다.

아이가 커서 왜 아빠랑 이혼했느냐 물으면 기회를 줬는데도 세 번이나 바람피워서라고 말해주기 그렇고, 그렇다고 거짓말하기도 그러니 나와 딸의 일상에 절대 나타나지 말아 달라고요. 바람피운 원죄 탓인지 애 아빠는 그러겠노라는 대답 외에는 아무런 말이 없었습니다. >

생각해 보자. 이제 안 씨는 전 남편에 대한 분노와 증오를 내려놓고 맘 편히 살 수 있을까? 분노는 시간이 지날수록 옅어질 것이다. 그러나 증오는 쉽지 않을 것이다. 두 번씩이나 용서했는데도 세 번째 외도를 한 전 남편이 용서가 안될 것이기 때문이다.

마음을 비우고 내려놓는 걸 방해하는 걸림돌이 나타날 수도 있다. 실제로 이혼 후 1년이 될 무렵, 전 남편이 딸아이를 보고 싶다며 안 씨를 찾아왔다. 이혼할 때 약속했지만 딸아이가 너무 보고 싶어 미칠 것 같다면서. 싱글 맘으로 돈 버랴, 딸 아이 키우랴 정신없이 바쁜데 또 다른 고민거리가 생긴 것이다.

전 남편과 이 문제로 줄다리기를 하다 보니 진이 빠졌다. 그런 상황에서 낌새를 눈치챈 딸아이가 제 아빠를 보고 싶다고 졸랐다. "나도 다른 애들처럼 아빠랑 놀이공원도 가고 자전거도 타고 싶단 말이야.."라고 울먹이면서. 그런 딸아이의 모습을 보면서 별별 생각이 다 들었다.

이혼이란 선택을 너무 빨리하지 않았나라는 후회도 들었다. 이혼하고 나면 더 이상 갈등도 상처도 분노도 없을 줄 알았는데 그게 아니더라는 사실을 깨달았기 때문이다. 어쨌든 이 정도면 사면초가이고 진퇴양난이다. 안 씨는 결국 선배 언니한테 이렇게 하소연하고야 말았다.

"언니, 내 죄라면 싱글 맘으로써 아빠의 빈자리를 채우기 위해 죽어라 노력한 거 밖에 없어. 비록, 몸은 고달파도 맘은 편하더라고. 그런데 어찌하여 내가 새로운 시련과 고통을 겪어야 하는 거죠?"

안예은 씨는 왜 새로운 갈등 때문에 고통받고 있을까? 본인이 자초한 면이 있다. 이혼 후에도 전 남편에 대한 분노와 증오를 내려놓지 않았기 때문이다. 죄는 미워도 사람은 미워하지 말라는 말이 있다. 증오하지 말고 용서하라는 뜻이다. 분노도 마찬가지다. 맘 편하게 살려면 비우고 내려놔야 한다. 그리하면 갈등할 일도, 상처받을 일도 없다.

엄마 결혼 전으로 가서 그녀에게 꼭 해주고 싶은 말

모든 부부는 양가 부모, 하객 등 많은 사람들 앞에서 행복하게 살겠다고 서약까지 한 사람들이다. 그들 중 매년 9만여 정도의 커플들이 이혼한다. 그들의 행복의 밀도는 거의 대부분이 낮은 편이다.

그들의 이혼 사유는 뭘까? 커플마다 제각각이지만 결국 2가지로 압축된다. '더 불행해지지 않기 위해서 ~~', '다시 행복해지고 싶어서 ~~'

주목해야 할 사실은 행복의 밀도가 낮은 커플들 중에 이혼하지 않은 채 사는 이들도 많다는 것이다. 그들은 왜 그렇게 사는 것일까? 대부분 다음의 3가지 이유 때문이다. '언젠가는 달라지겠지 ~~'라는 미련, '생계에 대한 두려움', '이혼한 후에 오히려 더 나빠질지 모른다는 불안감'

그들이 그렇게 사는 이유가 하나 더 있다. 자신의 이혼이 자녀에게 걸림돌이 될 수 있다는 '집착'이다. 자녀가 상처받을까 봐, 삐뚤어질까 봐, 불행한 삶을 살까 봐 자신의 모든 것을 희생하고 헌신한다. 배우자의 상습 폭언과 폭력에 봄과 마음에 상처를 받으면서 인고의 삶을 사는 이들도 있다.

그런 삶은 바람직하지 않다고 말하려는 게 아니다. 아무래도 자녀가 성인이 되기 전까지는 영향을 받을 것이므로 어쩔 수 없지 않느냐는 말을 하려는 것도 아니다. 문제는 자신들을 위해 인고하는 부모의 모습을 보면서 상처받는 자녀들이 대부분이라는 것이다.

성인이 되면 오히려 더 안타까워하기도 한다. 직장인 이영숙(27세, 가명) 씨도 그들 중 한 명이다. 그녀는 타임머신을 타고 과거로 돌아갈 수 있으면 좋겠다고 말한다. 결혼하기 전의 엄마를 만나서 꼭 해주고 싶은 말이 있어서란다. 무슨 말을 그렇게 간절히 해주고 싶은 것일까?

< 욕설과 폭력이 동반된 지긋지긋한 부부 싸움. 원인은 100% 아빠의 음주와 폭력 때문이다. 엄마는 20대 중반에 결혼해서 28년을 이렇게 상처받으며 사셨다.

이혼을 수 천 번도 더 생각했지만 우리 남매를 위해 참으셨단다. 아빠 없는 자식이란 소리를 듣지 않게 하려고. 나와 남동생이 상처 입고 반항하며 삐뚤어질까 봐. 결혼 전, 부모가 이혼하셨더구나..라는 말을 듣고 상처 입을까 봐.

그런 엄마가 너무 불쌍하다. 엄마를 때리는 짐승 같은 아빠를 볼 때마다 죽이고 싶을 정도로 밉다. 엄마의 인생은 아빠와 결혼하면서부터 꼬인 것 같다.

타임머신을 타고 과거로 갈 수 있다면 좋겠다. 제발 아빠랑은 절대 결혼하지 말라고 말해드리고 싶다. 만약 어쩔 수 없이 결혼했다면 아빠 없는 자식이란 소리 들어도 우리 남매는 절대 상처받지 않을 테니 빨리 이혼하시라는 말도.

엄마 세대 대부분이 다 그런 건가? 아니면 엄마가 여리고 유독 모성애가 강해서 그런 건가. 그래서 그런지 결혼하고 싶은 마음이 별로 없다. 혹시나 아빠 같은 남편 만날까 두려워서다. 난 절대로 그렇게 살지 않으련다. 단 하루를 살더라도 맘 편하게 내 인생을 살련다. >

타임머신!

 공상과학 영화에서나 볼 수 있는 소재다. 그런데 만약, 영화가 실제로 가능해진다면, 당신이 일주일간 과거로 갔다가 무사히 돌아 올 수 있다면, 누구를 만나고 싶은가? 무엇을, 어떻게 하고 싶은가? 사람마다 다를 것이다. 아마도 현재의 배우자 대신 다른 사람을 선택하고 싶다는 이들도 있을 것이다.

 다시 태어난다면 현재의 배우자와는 결혼하고 싶지 않다는 이들이 많은 걸 보면. (조사 결과 별 평균치를 보면 여성은 열에 7~8명, 남성은 3~4명 정도이다.) 공통적인 이유는 행복하지 않거나 행복의 밀도가 낮기 때문일 것이다.

"어떤 일이나 사물에 마음을 쏟아, 버리지 못하고 매달리는 것"을 말한다. 우리 주변에도 이 씨 엄마와 같은 사람들이 많다. 자녀를 위해 자신의 삶을 희생하고 헌신하는 삶에 집착하는 사람들 말이다.

어떤 삶이 좋고, 나쁘다는 건 아니다. 내 인생의 주인공 대신, 자녀나 남편의 조연으로 사는 삶은 바람직하지 않다고 말하려는 것도 아니다. 그러나 자녀든, 배우자든, 그 상대가 누가 됐든 지나치게 집착하는 건 바람직하지 않다.

마음에 드는 이성을 향해 지속적으로 데이트 신청을 하는 청춘이 있다고 하자. 그 상대도 이 청춘의 노력에 호의적인 상태이면 문제 될 게 없다. 그러나 정반대 상황이라면 문제다. 스토킹이라 생각해 두려움과 불안감을 갖게 될 것이기 때문이다. 이처럼 집착은 자신과 상대 모두에게 상처를 주고 불행하게 만드는 원천이 되기도 한다.

집착하는 사람들의 문제는 2가지다. 하나는 자신의 말과 행동이 집착이라는 것을 모른다는 거다. 지금까지 소개했던 사례의 주인공들 모두 집착하는 사람들이다. 일에 집착하고 배우자와 자녀에 집착하고 가부장적 가치관에 집착하는 사람들 말이다.

그 외에도 집착의 원천은 많다. 돈, 명예, 성공 경험, 체면, 과거, 관계, 평판 등 다른 하나는 집착하는 마음을 비우고 내려놓고 싶어도 잘 안된다는 것이다. 왜 그런 것일까? 집착이 무엇에서 비롯되는 것인지 잘 모르기 때문이다. 발병의 원인도 증상도 모르기에 자신은 물론, 의사조차도 모르는 심리적 희귀병인 셈이다.

다행인 점은 난치성 희귀병과는 달리 조금만 관심을 기울이면 자신의 말과 행동이 집착이라는 것을 알 수 있다는 것이다. 집착은 인간의 본성인 소유욕에서 비롯된다. 유무형의 사물은 물론, 사람도 해당된다. 그래서 내 남편, 내 아내, 내 자식, 내 친구라 말하는 것이다.

가까운 사람일수록 집착의 밀도가 높다. 부모 자식간이든, 부부간이든, 어떤 관계든 갈등과 상처의 밀도는 높고 행복의 밀도는 낮을 수밖에 없다. 어떻게 해야 집착하는 마음을 비우고 내려놓고 맘 편하게 살 수 있을까? 이번 장의 뒷부분의 주제, "비우고 내려놓으려 해도 잘 안돼요?"에서 그 솔루션을 생각해 보자.

부부간 행복 나들 문

| 잘 나가던 오 부장은 왜 회사를 그만뒀을까? |

< 대기업 S사 오진택(가명, 47세) 부장은 임원 승진을 앞두고 갑자기 사표를 제출했다. 상사인 본부장이 "오 부장! 6개월 정도 기다리면 좋은 소식이 있을 텐데, 이게 뭔가? 건강에 문제가 생겼나? 아니면 중국에서 거액 연봉을 미끼로 스카우트 오퍼라도 받았나?"라며 만류했다.

본부장은 물론, 대표이사까지 나서 설득했으나 오 부장의 마음을 돌리지 못했다. 잘나가던 오 부장은 왜 회사를 그만뒀을까? 일이냐, 가족이냐의 행복 나들 목에서 가족을 선택했기 때문이다. 사연은 이렇다.

1년 전, 오 부장과 그의 아내는 중대한 결정을 내렸다. 딸(16세), 아들(13세)의 교육을 위해 기러기 가족이 되기로. 여느 기러기 가족처럼 오 부장은 서울에 남고 딸과 아들, 아내는 캐나다 밴쿠버로 떠났다. 처음 6개월 동안은 아무 문제가 없었다. 거의 매일 화상 전화로 얼굴도 보고 목소리도 들었다. 해외 출장 왔다는 생각이 들 정도였다.

그러나 그 이후부터 조금씩 균열이 일어났다. 바쁜 업무와 이어지는 저녁 식사, 회식이 있는 날에는 화상전화를 건너뛰곤 했다. 문제는 그런 날이 점점 많아졌다는 것이다. 저녁 시간에 친구들과의 술자리도 증가했다. 그런 날은 집에 들어가기 싫었다.

불 꺼진 아파트 문을 여는 게 갈수록 싫어졌기 때문이었다. 문을 여는 순간, 그를 반기는 건 아파트 안 곳곳의 어둠 속에 웅크리고 있던 외로움과 고독이란 녀석들뿐이었다. 외롭다고 당장 달려갈 수도, 1시간 전까지 술잔을 기울이던 김 과장을 불러낼 수도 없었다.

그러다 결국, 사고를 쳤다. 불금이라는 어느 금요일 밤에 노래방에서 만난 도우미 여성과 하룻밤을 같이 지내고 만 것이다. 같이 술 마셨던 김 과장이 "좋은 시간 되십쇼~"라는 말을 한 것까지만 기억이 날 뿐, 그 뒤로는 아무 것도 기억이 나지 않았다. 그런데 아침에 눈을 떠보니 옆에 낯선 여자가 눈에 띈 것이다.

아내의 모습이 죄책감과 함께 밀려왔다. "내 다시는 이러지 말아야지."라고 다짐했다. 그런데 다른 걱정이 생겼다. 아이들과 화상 전화하는 동안, 항상 곁을 지키던 아내가 가끔씩 안 보였다. 아이들에게 물으면, "엄마? 여기 엄마들하고 저녁 식사 모임이 있다고 나갔어~"라고 말했다.

불현듯 인터넷에서 읽었던 기러기 부부들의 여러 사연들이 떠올랐다. 외로움을 잘 버티며 행복하게 사는 부부가 대부분이지만 그렇지 못하고 끝내 이혼하는 부부들도 있다는 것이다.

오 부장은 일이냐, 가족이냐를 놓고 몇 날 며칠 동안 고민했다. 그러나 쉽게 결론을 내리지 못했다. 결국 자신보다 먼저 기러기 가족의 길을 걷다, 회사를 그만두고서 가족들 곁으로 떠난 대학 선배에게 자문을 구했다. 오랜 시간 동안 그 선배가 들려준 말 중에 다음의 말만 머릿속에 저장되었다. "이러다 정말 큰일 나겠더라고~~"

그 말을 듣고 나서 오 부장은 마음을 정했다. 일 대신 가족을 선택하기로. "이러다 정말 큰 일 나게 해서는 안 되겠다는 생각으로. >

 맘 편하게 살기 원하는 사람이라면 누구나 한 번쯤은 만나게 되는 행복 걸림돌이다. 왜 행복 걸림돌일까? 2가지 이유 때문이다. 하나는 외로움이 지나치면 우울증이 올 가능성이 높다는 것이다. 우울증은 기분 장애의 일종이다. 우울하고 울적한 기분이 들고 매사에 의욕과 관심이 떨어진다.

 또한, 초조(번민), 식욕 저하, 불면증, 지속적인 슬픔과 정서적 불안 등의 증세를 보인다. 누가 봐도 행복하다고 할 상황인데도 자신은 불행하다고 말한다. 더 큰 문제는 증상이 심할 경우, 극단적인 선택을 하는 사람들이 있다는 것이다.

 다른 하나는 기혼자들의 경우, 위 오 부장의 사례처럼 배우자가 아닌 다른 이성으로부터 외로움을 달래려 한다는 것이다. 상대 배우자가 그 사실을 알고 나면 그 결말이 어떻게 나든, 그 과정에서 상처를 입을 수밖에 없다.

 외로움은 어떻게 해야 비우고 내려놓을 수 있을까? 오 부장처럼 "이러다가 정말 큰일 나겠더라.."는 생각을 하면서 가족들이 있는 곳으로 가는 게 순리이다. 그렇게 갈 수 없는 사람들은 어떻게 해야 할까?

 2가지 방법이 있다. 하나는 몰입해야 한다. 그것이 일이든, 취미 활동이든 관계없다. 그 몰입이 외로움을 완전히 내려놓을 수 있게 만들기 때문이다.

다른 하나는 아예 외로울 틈을 주지 않는 것이다. 예를 들어 보자. 주말부부인 김명희 씨는 남편이 바빠서 올라오지 못하는 주에는 자신이 내려간다. 그렇게 내려가서 이틀 밤 정도를 같이 보내고 온다. 3년 전부터 그랬다. 그 이전에 남편이 외롭다며 외도를 했기 때문이었다. 최근에는 예고 없이 불쑥 내려가기도 한다. 외로울 틈을 원천 봉쇄하는 것이다.

기러기 남편과 아내 역시 마찬가지다. 자주 만나서 한 이불 덮고 자는 수밖에 없다. 왕복 항공료가 부담된다고? 그 건 핑계일 뿐이다. 행복한 가정이 해체될 때 치러야 할 대가에 비하면 아무것도 아니다. 10여 년 이상 그래야 할 필요도 없다. 3~4년 정도면 충분하지 않을까? 자녀가 성인이 되면 부부가 떨어져 있을 명분도 약해지기 때문이다.

"몸이 멀어지면 마음도 멀어진다"라는 말이 있다. 부부 역시 마찬가지다. "부부간 잠자리의 거리가 멀어질수록 행복의 밀도는 낮아진다." 그래서 필자들은 부부가 잠자는 안방(또는 침실)의 문을 "부부간 행복 나들 문"이라 부른다.

잘 버티는 사람이 결국 이긴다

어렵게 취업한 회사를 너무 쉽게 그만두는 청춘들이 있다. 입사해서 보니 자신의 비전과 맞지 않아서, 맡은 업무가 힘들어서, 회사의 미래가 불안정해서 등과 같은 이유들을 댄다. 그러나 그 회사의 기업문화나 인간관계에 적응하지 못한 이들이 더 많은 편이다. 누구나 알만한 대기업 L사에 입사한 김명원(가명, 27세) 씨처럼.

< 김씨는 신입사원 딱지도 떼지 못한 채 입사 7개 월 만에 사표를 냈다. 이유는 3가지였다. 첫째, 담당 업무. 둘째, 정신과 상담을 받고 우울증 약을 복용할 정도인 팀장과의 관계에서 오는 스트레스. 셋째, 퇴포주포(퇴근 포기, 주말 포기)식 조직 문화.

퇴포주포식 조직 문화는 어느 정도 각오하고 있던 터라 문제가 되지 않았다. 첫 번째와 두 번째가 문제였다. 김 씨에게는 어떤 이유에서인지 별다른 업무가 주어지지 않았다. 아르바이트생들이 하기 딱 좋은 일만 부여 받았다.

'내가 이런 허드렛일을 하려고 어려운 취업 관문을 뚫고서 이 회사에 입사했나?'라며 자책하는 시간이 늘어났다.

입사 6개월이 지난 어느 날, 회사를 그만 둬야겠다는 결심을 하게 된 사건이 있었다. 팀장이 자신이 하는 일을 보더니 다음과 같이 말했다.

"김명원 씨! 지금 무슨 일하고 있어? 당신 같은 고급 인력을 겨우 그런 일 시키려고 뽑은 줄 알아? 한심하군..."이란 말을 남기고서는 회의가 있는지 곧바로 사무실을 나섰다. 사무실 분위기가 어색해졌지만 팀 내 선배 사원 누구도 그런 정 씨를 다독이거나 위로하지 않았다.

 퇴사를 결심하기 전 고민을 많이 했다. 특히 아빠를 설득하는 게 힘들었다. 친구 아들도 입사 1년 만에 그만뒀는데 또다시 2년 동안 취준생 생활을 한끝에야 겨우 재취업할 수 있었다는 말을 하시면서.
 김 씨도 걱정되기는 마찬가지였지만 결국 퇴사를 결심했다. 출구가 보이지 않는 터널에 갇혀 자존감에 상처를 입고서 자신의 정체성마저 잃는 것 아니냐는 생각이 들었기 때문이다. >

 김 씨처럼 어렵게 취업에 성공했지만 퇴사를 결정하는 직장인들이 증가하고 있다. 한국경영자총협회의 '2016년 신입사원 채용 실태(주요 306개 기업 대상)' 조사를 보면 대졸 신입사원의 1년 내 퇴사율은 27.7%다. 이는 2014년 대비 2.5%P, 2012년 대비 4.1%P 증가한 수치다.
 그들의 주된 퇴사 이유는 무얼까? 낮은 연봉? 과도한 업무? 고용 불안정성? 수직적이고 권위적인 기업문화? 모두 맞는 말이다. 그러나 더 중요한 건 바로 인간관계다.

| 이런 날도 가고, 저런 날도 간다 |

우리나라 직장인 10명 중 6~7명은 상사나 동료로부터 무시, 면박과 모욕, 따돌림 등의 괴롭힘을 당하고 있는 것으로 나타났다. (한국노동연구원의 2017년 '직장 내 괴롭힘 실태 조사', 30인 이상 사업체 근로자 2,500명 대상)

퇴직하는 직장인 2/3 정도가 상사 스트레스 때문이라는 조사 결과도 있다. 그러나 김 씨처럼 입사 1년이 안 돼 그만두는 것은 현명한 선택이 아닌 경우가 많다. 퇴사 후, 대부분 후회하기 때문이다. 아무리 힘이 들어도 최소 3년은 근무하는 것이 좋다. 그것도 아주 열정적으로.

3가지 이유가 있다. 첫째, 재취업하는 데 있어 절대적으로 유리하기 때문이다. 전직 시장에서 가장 인기가 많은 계층은 경력 3~10년 차다. 3년 정도면 적응 속도가 빠르기에 경력직 채용의 기회에서 선택받을 가능성이 높다. 그러나 경력 1년이 안된 사람은 그런 기회가 주어지지 않는다. 다시 낙타 바늘구멍 통과하기에 도전해야 한다.

둘째, 위 사례의 김 씨처럼 갈등하고 상처받고 있다 해도, 그런 날들 모두 언젠가는 지나간다는 것이다. 팀장이 바뀔 수도 있고, 자신이 다른 부서로 갈 수도 있다. 3년 정도면 그 확률이 100%라 해도 틀린 말이 아니다.

셋째, 성공한 직장인들의 공통점 중 하나가 잘 버틴다는 것이다. 더 좋은 조건을 찾아 전직하는 사람보다 한 우물에 올인하는 사람이 결국 임원이 되고 CEO도 되는 확률이 높다. 온갖 스트레스와 싸우다 포기하는 사람과 달리 항상 어떻게 살아남고 성장할 것인지 궁리하기 때문이다.

수영장을 바꾼다고 수영 실력이 저절로 늘지는 않는다. 스트레스 받는다며 수영장 바꾸듯 직장을 그만두는 건 어리석은 짓이다. 운 좋게 새 직장에 재취업했더라도 마찬가지다. 내 마음을 비우지 못하면 전 직장에서의 인간관계와 비슷한 경로를 밟아갈 확률이 높다.

그래도 직장에서의 업무와 관계에서 오는 스트레스가 내려놓지지 않는다고? 당장 주머니 속에 넣고 다니던 사직서를 꺼내 상사에게 던지고 싶다고? 그런 사람은 부디 다음의 말을 100번쯤 음미해 보시기 바란다.

"돌 위에 앉았더라도 3년은 버텨 봐!"

"스트레스를 이기지 못하고 사직서를 던져버리는 사람에게 남는 건 상처와 증오다. 반면, 꾹꾹 눌러 참으며 어떻게 버틸까를 생각하는 사람에게 찾아오는 건 기회와 행운이다."

자존심의 울타리를 걷어차면 보이는 것들

공자가 한 말 중에 "사람은 의식주가 해결돼야 예의를 다할 수 있다" 는 말이 있다. 먹고 사는 문제가 해결돼야 사람으로서의 도리와 예의를 갖출 수 있다는 뜻이다. 다른 말로 해석해 보면, 먹고사는 문제를 해결 하지 못하면 마음을 비우고 내려놓으려 해도 맘 편하게 살기 어렵다는 말이다.

체면을 중시하는 사람들도 맘 편하게 살기 어렵다. 신분이나 학벌이 먹고사는 문제를 해결해 주는 건 아니기 때문이다. 그런데도 체면을 비 우고 내려놓지 못해 불행 역으로 가는 열차를 타는 이들이 많다. 생계를 위해 음식점 창업을 강행했다가 1년을 채 버티지 못하고 폐업 해야 했다는 40대 후반의 어느 명퇴남이 대표적이다.

< 재취업을 위해 6개월간 알아봤는데, 생각보다 갭이 크더라고요. 그 래서 음식점을 창업하려고 준비 중이었네요. 코로나 때문에 폐업한 곳 들도 있어서 지금 하면 승산이 있을 것 같아서요. 물론, 섣부른 창업 은 절대 안 된다는 말에 공감은 했어요. 월 생활비가 2백만 원씩 부족 하더라도 완벽한 준비가 된 다음에 하라는 말도요.

그래도 창업을 강행했던 데는 2가지 이유가 있었어요. 하나는, 경쟁 이 심해도 창업자 열에 둘 정도는 성공한다는 것이고요. 다른 하나는, 재취업이 어려운 환경에서 창업 외에는 월 3백 정도로 줄인 생활비를

벌 다른 대안이 없다는 겁니다.

그래서 창업했는데요. 시장은 생각보다 훨씬 냉혹하더군요. 음식점 문을 연 뒤, 간간이 오던 고객분들이 다시 오지 않더라고요, 맛이 없어서겠죠. 개업한 첫 달부터 적자가 나더니 계속 적자가 나더군요. 결국 주방과 홀 서빙하는 인력을 저와 아내가 대신했습니다. 그렇게 해도 적자를 벗어나지 못했습니다.

언제부턴가 파김치가 된 몸으로 식당 문 닫고 집에 가는 시간이 아내와 다투는 시간이 돼 버렸습니다. 결국 폐업하기로 결정했네요. 1년도 채 안 되는 시간에 권리금, 인테리어 비용, 임차료 등 2억이 넘는 돈을 까먹었지만요.

2가지 이유 때문이었죠. 하나는 하루라도 일찍 폐업하는 게 손해를 적게 보는 상황이었고요. 다른 하나는 이대로 가다간 이혼하겠다는 생각이 들어서였네요. >

　명퇴남 말처럼 쉽지 않다. 특히 40대 후반 이후는 더 힘들다. 된다 해도 전 직장에서 받는 연봉에 비해 대폭 낮아지는 경우가 대부분이다. 눈높이를 낮추지 않고서는 받아들이기 힘든 수준이다.

　어쨌든 이 명퇴남은 정말 창업 외에는 생계비를 벌 수 있는 다른 대안이 없었던 걸까? 이 같은 질문에 대부분의 사람들은 '아니다'라고 말한다.

　대리운전이나 택시 기사를 할 수도 있고, 아파트나 건물 경비, 편의점 알바라도 할 수 있는 것 아니냐면서. 한 술 더 뜨는 사람들도 있다. 건설 현장의 막일, 소위 '노가다'라 부르는 일도 있다고. 맞는 말이다. 그런데 왜 창업 외에는 다른 대안이 없다고 하는 걸까?

　눈높이를 낮추지 않기 때문이다. 왜 그게 안 되는 걸까? 자존심과 체면을 내려놓지 못하기 때문이다. 그런 상태에서는 자신의 눈높이에 맞는 일자리가 보이지 않는다. 보인다 해도 차지하기가 매우 어렵다. 그림의 떡일 가능성이 높기 때문이다.

　이제 그만 자존심과 체면이란 울타리 밖으로 나와야 한다. 그러면 울타리에 둘려싸여 보이지 않던 일자리들이 보인다. 보지 않으려 시선을 돌려도 보인다. 자존심과 체면이라는 마음의 울타리를 걷어 냈기 때문이다.

자존심과 체면을 비우고 내려놓는 건 생각이고, 울타리 밖으로 나오는 건 행동이다. 그 행동은 생각이 바뀌지 않으면 나타나지 않는다. 부디, 생각을 바꿔라. 자존심과 체면을 내려놓으면 위에서 언급한 일들 외에도 월 2백만 원 정도 벌 수 있는 일은 많다. 부부가 같이 노력하면 월 4백만 원 정도도 벌 수 있다.

> "격이 있지! 내가 그래도 대학원 석사에다 대기업 부장 출신인데, 은행 지점장 출신인데 아무리 어려워도 그런 일들을 할 수는 없지 않느냐. 천하에 둘도 없는 아들이라 여기시던 어머니께서 알면 얼마나 실망하시겠어? 입사 동기들, 친구들 대하기도 그렇고. 몇 년 전부터 염두에 뒀던 곱창집을 이번 기회에 시작하는 게 내가 가야 할 길이지 않을까? 열심히 노력하다 보면 설마 망하기야 하겠어?"

위 코멘트는 IMF 외환위기 때부터 코로나 위기까지의 기간 동안 명퇴한 직장인들의 생계, 즉 의식주 문제를 해결하기 위한 평균적인 생각이다. 그러나 위와 같은 생각을 비우고 내려놓지 않으면 행복해지기 매우 어렵다.

그런 자영업 창업 방식을 선택한 열에 여덟 정도가 3년 내 망할 가능성이 매우 높기 때문이다. 장사를 잘하면 되지 않느냐고? 맞는 말이다. 문제는 장사를 잘하는데도 폐업하는 이들이 많다는 거다. 우리나라 자영업 시장의 구조적 문제인 과도한 경쟁, 과다한 임대료, 부담스러운 인건비라는 트리플 악재 때문이다.

트리플 D (일명, 3D) 관련 일을 하든, 어떤 선택을 하든 변하지 않는 사실은 그들 역시 행복해지려고 노력한다는 것이다. 그들에게 지금, 꼭 필요한 것은 무엇일까? 다다익선일 것이다. 그중에서 필자들은 다음과 같은 트리플 솔루션을 추천하고 싶다.

"체면이 밥 먹여 주냐?"
"체면은 낮추고 실력을 높여라"
"자존심을 비우고 내려 놓으면 자신감이 채워진다."

불멸의 자녀 관, 이제 그만 내려놓자

칠드런 푸어 (Children Poor)

1장의 "자식이 속 썩여서 행복하지 않아요, 행복 9:1의 법칙"에서 언급한 것처럼 행복의 커다란 장애물 중 하나가 바로 금쪽같은 내 자식이다. 내 핏줄이라서, 내 분신과 마찬가지라는 생각에 마음을 비우고 내려놓기가 매우 어렵기 때문이다. 1장의 "행복 9:1의 법칙"에서는 1020 세대 자식이 부모 속을 썩이는 경우다.

그들의 경우는 철이 안 들어서 그렇다고 할 수도 있다. 그러나 장년이라 할 4050 세대 중에도 부모가 맘 편하게 사는데 걸림돌이 되는 자식들이 제법 있다. 부모의 본분을 다하려는 심리를 이용해서 다음과 같이 패륜을 일삼는 장명희 (81세, 가명, 여) 씨의 아들과 같은 이들 말이다.

< 남편과 사별하고 서울에서 50평 대 아파트에 살고 있던 장 씨가 그런 가슴 아픈 사연의 주인공이다. 화근은 10년 전에 아들 내외를 집에 들인 것이었다. 며느리의 장 씨에 대한 학대는 이때부터 시작됐다. 아파트를 아들 명의로 해주지 않는다는 게 이유였다.

그 이후부터 며느리는 단 한마디도 말을 걸지 않는다. 밥을 챙겨주지 않는 것은 물론, 냉장고 문을 여는 것조차 못하게 했다. 아들도 마찬가지다. 자기 어머니에게 용돈 한 푼 주지 않는다. 남편 사망 후 나오

는 유족연금 20만 원을 받아 삶을 꾸린다. 밥은 노인정에서 해결한다.

　장 씨 아들의 직장이 변변치 않아서 그런 걸까? 아니다. 국내 대형 은행인 S 은행원이다. 아들은 주식 투자에 실패한 뒤 돈 문제로 며느리와 자주 다퉜다. 아들은 결국 장 씨 몰래 문서 등을 도용해 아파트를 담보로 대출금을 6억 넘게 받았다. 그러나 그 돈마저 이미 다 날린 상태다.

　주변에서는 사문서 위조 등의 혐의로 아들을 고소하라고 권했다. 그래야 아들이 정신 차린다면서. 아무리 그래도 차마 그럴 수는 없었다. 그나마 아파트값이 오른 게 천만다행이었다.

　장 씨는 아파트를 팔아 변두리 소형 아파트로 이사할 생각도 했다. 하지만 이내 포기했다. 괘씸한 아들과 며느리는 그렇다 쳐도 지들 엄마 몰래 먹을 것을 챙겨 주는 죄 없는 손주들이 눈에 밟혔기 때문이다. >

　전형적인 칠드런 푸어 (Children Poor : 자녀들에 대한 과도한 지출 때문에 경제적으로 어려움을 겪는 부모를 말함) 인 셈이다.

위 사례 외에도 매달 생활비를 얼마씩 주겠다고 약속한 후, 전 재산을 물려줬는데 몇 달 주고서는 한 푼도 안 준다는 칠드런 푸어들의 안타까운 사연들도 제법 있다.

"에고, 젊을 때부터 자식들이 그렇게 속 썩이더니 노후까지 탈탈 털리네 그려. 도대체 자식이 뭐길래.."라는 생각이 들게 만드는 사람들 말이다.

왜 그런 부모들이 많은 걸까? 그 걸 자식에 대한 본분이자 사랑이라 생각하기 때문이다. 그래서 자식에게 모든 걸 올인하는 것이다. 그러나 그 건 사랑도, 부모의 본분도, 자식이 부모를 부양하던 시대의 가치관도 아니다. 자식에 대한 집착이고 미련이며 욕심일 뿐이다. 착각해서는 안 된다. 행복해지려면 모두 내려놓아야 한다.

자식과 관련해 비우고 내려놓아야 할 것 하나가 더 있다. 바로 자녀 관이다. 인생관처럼 부모 자식 간의 부모관이나 자녀관에도 시대적 가 치가 반영되는 게 일반적이다.

40~50여 년 전까지 우리나라 '부모관'의 대세는 나이 든 부모를 자식 이 부양해야 한다는 것이다. 그러나 지금은 아니다. 부모 세대 대부분 이 자녀에 기대지 않고 살아가고 있거나 노력하고 있다. 자녀들의 평균 적인 생각 역시 마찬가지다. 반세기 만에 변화가 온 것이다.

자녀 관은 어떨까? 별로 달라지지 않았다. 특히 맹목적이다 싶을 정도 의 높은 교육열로 인한 교육비 부담, 결혼 문화로 인한 경제적 부담은 칠드런 푸어를 만드는 대표적인 원천이 되고 있다. 교육비 부담은 누구 에게나 설명이 필요 없을 것이다. 결혼 문화로 인한 경제적 부담은 어 떨까? 별로 달라진 게 없다.

미국과 같은 서구 권 나라에서 온 외국인들은 우리나라의 결혼 문화 와 관련한 얘기를 듣고서 두 번 놀란다. 첫 번째는 결혼식 비용 지불의 주체다. 1~2억이 넘는 호화 결혼식 비용이든, 1~5천 정도인 중산층의 비용이든 양가 부모들이 지불한다는 사실을 알고는 놀란다. 자기 나라 에서는 신랑, 신부가 전부 지불한다면서.

신혼집을 구하고 혼수를 준비할 때도 양가 부모의 도움을 받는 게 대 세이다는 말을 듣고서 또 한 번 놀란다. 자기 나라에서는 전부 신랑, 신부의 몫이라면서.

왜 그런 것일까? 그들 나라의 자녀관은 성인이 된 자녀는 부모로부터 경제적으로 독립해야 한다는 것이다. 그래서 대학을 가고 싶으면 본인이 등록금 등의 제 비용을 부담해야 한다는 게 불문율이 된 것이다. 결혼식 비용, 신혼집 마련 비용도 마찬가지다.

우리나라는 어떤가. 대학 가기 위한 과도한 교육비에다 대학 학비, 결혼식 비용, 신혼집과 혼수 마련 비용 등을 부담하는 것이 부모의 본분이자 의무라고 생각한다.

물론, 부모의 경제적 상황과 개인별 기준에 따라 부담 금액이 달라진다. 그러나 문제는 자신들의 노후 준비가 안된 부모들도 많다는 것이다. 갚기 어려운 줄 알면서도 살던 아파트 등을 담보로 2~4억이 넘는 돈을 대출받는 부모들도 있다. 도대체 왜 그런 무리수를 두는 걸까? 불멸의 자녀 관 때문이다.

그들 모두가 칠드런 푸어가 된다는 건 결코 아니다. 그러나 그 범위를 자식으로 인한 경제적 결핍에서 정신적 스트레스까지로 확대하면 달라진다. 훨씬 많아진다.

대출 원리금 상환하느라 "내 인생의 주인공으로 맘 편하게 사는 삶!"의 상당 부분을 유보해야 하는 사람들이 많기 때문이다.

"젊은 날의 인생은 웃을 일 많은 희극이다."라는 말이 있다. 노년의 날들은 어떨까? 깊어진 주름에 새겨진 세월의 흔적만큼 체념과 망각도 깊어지는 비극 인생이다. 특히 우리나라 노년 세대에 딱 맞는 말이다.

그러니 부디 장 씨처럼은 하지 마시라. "자식과 손주들까지 길바닥에서 자게 생겼는데 어떻게 그럴 수 있냐고?"

어설프게 도와주는 건 자식을 아예 일어나지 못하게 만들 수도 있다. 더 큰 피해를 입거나 같이 넘어져 부모형제 모두 일어나지 못할 수 있다. 그러므로 길바닥에 텐트 하나 정도만 쳐주는 게 좋다. 그래야 자식이 스스로 일어날 수 있다. 그래야 만, 텐트 치고 1년은 살았는데 도저히 더는 못 살겠다는 자식 내외와 손주들을 품에 안아줄 수 있다.

다른 부모들도 마찬가지다. 자식에 대한 미련, 애착, 지나친 기대를 내려놓아라. 그건 사랑이 아니다. 집착이다. 부모로서의 본분도 자식을 무한대로 캐어해 줘야 하는 게 아니다. 경제적, 정서적으로 독립할 수 있는 시기까지이다. 현재의 우리 국민 정서상 그 시기는 대학 졸업할 때까지 가 아닐까?

칠드런 푸어로 사는 삶을 행복하다고 할 부모가 몇이나 될까? 자식에 대한 지나친 집착은 '내 인생의 주인공으로 사는 삶'의 걸림돌이다. 어쩌면 맘 편하고 행복하게 살기 위해 비우고 내려놓아야 할 첫 번째 원천일 수 있다. 품 안에 자식이란 말의 의미를 곱씹어 보시기 바란다.

비우고 내려놓으려 해도 잘 안돼요?

지금까지 맘 편한 행복한 삶을 위해 비우고 내려놔야 할 10가지 별로 사례와 솔루션을 소개했다. 문제는 아무리 노력해도 잘 안된다는 것이다. 왜 안 되는 것일까? 신이 아니라 인간이기 때문이다. 깨달음을 얻어 해탈의 경지에 도달하지 못했기 때문이다. 그럼에도 마음을 비우고 내려놓기 위한 노력을 계속해야 할까? 그렇다.

그렇다면 무엇을 노력해야 할까? 비우고 내려놓기를 잘 되게 만드는 다음의 4가지 정도가 아닐까?

「 비우고 내려놓기를 잘되게 만드는 4가지 」

　1 │ 긍정
　2 │ 기대치 낮추기
　3 │ 간절함
　4 │ 마음 비우기 좋은 글 필사와 생각 쓰기

위 4가지 외에도 어떤 상황이 와도 희망을 버리지 않고 매사에 감사하는 마음과 멘토에게 도움을 요청하는 방법 등이 있다. 이 방법들은 다음 주제에서 다룰 예정이다.

세계 최고의 악처를 꼽으라면 고대 그리스의 철학자 소크라테스의 아내 크산티페를 꼽는다. 말이 많고 성격이 못됐다는 이유를 댄다. 그러나 그 악처 덕분에(?) 소크라테스는 철학자로서뿐만 아니라 긍정의 달인이란 평판도 얻게 된다. 널리 알려진 얘기지만 리뷰 해 보자.

< 사람들이 "왜 그런 악처와 사느냐"라고 물었을 때 소코라테스는 "마술에 탁월한 사람은 난폭한 말만 골라서 탄다네. 그 말을 잘 다루게 되면 다른 말들은 수월하게 다룰 수 있거든..."이라고 대답했다.
  어느 날은 소크라테스에게 집에서 철학 운운하지 말고 나가 돈 벌어오라며 잔소리를 퍼부었다. 그래도 꿈쩍 않는 소크라테스를 본 크산티페는 화가 나서 소크라테스의 머리에 물을 한 바가지나 쏟아버렸다. 보통 사람들은 이런 상황에 처하면 벌컥 화를 내며 다양한 공격적인 행동을 할 것이다.
  소크라테스의 대응은 긍정의 달인다웠다. 그는 아내를 향해 태연하게 "천둥소리가 크게 나면 큰 비가 내리는 법이잖아.."라고 말했다. 아내 크산티페의 반응은 어땠을까? "으이그, 이 화상아!"라며 분노하는 대신 웃을 수밖에 없지 않았을까?
  크산티페가 잔소리를 해대고 소크라테스를 괴롭힌 이유는 남편의 경제적 무능력이 근본 원인이었다. 사실, 지금의 기준으로 보면 악처라 할 수도 없겠지만... >

소크라테스처럼 어떤 상황이 닥치더라도 긍정적으로 받아들이려 노력한다면 마음을 비우는 일이 좀 더 수월해지지 않을까? 그래야 맘 편하게 살 수 있을 테고.

긍정의 의미는 2가지다. 하나는 소크라테스처럼 행복의 걸림돌이 되는 어떤 상황도 긍정적으로 생각하는 것이다.

1장의 "행복 9:1 법칙"에서 소개한 심은영 씨의 경우를 리뷰 해 보자. 심 씨가 딸에게 상처받는 이유는 자신의 기대를 벗어나기 때문이다. 특히, 딸이 "내 인생은 내가 알아서 할 테니 제발 이래라, 저래야 한다는 간섭 좀 하지 마~"라고 했을 때는 펑펑 울기까지 했다. "내가 저를 어떻게 키웠는데.."란 생각이 들었기 때문이리라.

이는 부정적인 생각이다. 그런 생각보다는 "대견하네, 아직 어린애인 줄 알았는데~~"라며 긍정적으로 생각하는 게 좋다. 그럼 펑펑 울 일도 상처받을 일도 없다.

다른 하나는 상대가 하는 말을 부정하지 말고 일단 긍정하는 것이다. 야구에 소질이 없는 아들의 예를 들어보자.

아들이 야구 선수가 되고 싶다고 말할 때 "안돼, 넌 소질이 없어. 몸도 약하고.."라는 식으로 곧바로 부정하는 건 좋지 않다. 아들에게 상처를 줄 뿐 아니라, 그 상처가 부메랑 되어 결국 자신에게 어떤 형태로든 되돌아올 것이기 때문이다. 일단, 이런 식으로 긍정적으로 받아 주는 게 좋다.

"아들, 축하해! 그 꿈이 이루어지길 기도해 줄게. 우선 네 학교 감독님을 만나 테스트를 받아 보자.."

아들은 신이 나서 테스트 받을 준비를 할 것이다. 결과는 어떨까? 아무도 모른다. 류현진 못지않은 야구 선수가 될 수도, 아니면 야구 선수 대신 다른 꿈을 이루기 위해 노력하고 있을지.

한 수녀원에서 발견한 자료에 의하면 긍정적인 수녀가 다른 수녀들보다 8년 더 오래 산다고 한다. 긍정의 힘이 더 건강하고 행복하게 사는 원천으로 작용하기 때문이다. 이런 게 바로 긍정의 힘이다.

그래도 매사를 긍정적으로 생각하는 게 쉽지는 않다. 그런 이들은 다음과 같은 메시지를 반복적으로 되뇌어 보는 것도 도움이 될 것이다.

"지나고 나면 아무 일도 아니다"

"내일은 다시 해가 뜬다"

"닭 모가지를 비틀어도 새벽은 온다"

"국방부 시계는 거꾸로 매달아도 간다"

"강렬한 태양도 스멀 스멀 밀려오는 어둠을 이기지 못한다"

"달이 차면 기울기 마련이다"

"이런 날이 얼마나 남았을까?"

앞서 비우고 내려놓고서 맘 편하게 사는 데 걸림돌로 작용하는 원천들 중 하나로 '집착'을 언급했다. 집착이 인간의 소유욕에서 비롯됐다는 점도 강조했다. 문제는 그 대상이 사람이든, 돈이든, 사물이든 비우고 내려놓는다는 게 정말 어렵다는 것이다.

자녀의 공부에 집착하는 부모의 예를 들어 보자. 자녀의 성적에 집착하는 부모들의 평균적인 기대치는 전교 10등 정도이다. 자신도 그 정도는 했고, 학원도 보냈고 과외도 시켰기에.

그러나 대부분의 자녀는 야속하게도 부모의 기대에 찬물을 끼얹는다. 자녀의 성적표를 받을 때마다 우울감과 열등감이 교차하게 만든다. 공부 잘하는 아이 엄마를 볼 때마다 부럽다는 생각이 든다. 물론, 자녀에게 더 열심히 하라는 한 소리도 빠지지 않는다.

이런 상태를 방치하면 자녀와의 관계가 나빠지거나 자신이 우울증을 앓기도 한다. 이 난제를 풀어 줄 솔루션 중 하나가 기대치를 낮추는 것이다. 다음과 같은 식으로.

* "전교 20 등도 잘하는 편이지.. 우리 정현이 뒤로 280 명이나 있잖아~~"
* "뒤에서 3등인 자녀를 보며 속 편한 부모가 어딨겠어.. 그래도 다행이야. 학교는 안 빠지고 잘 다니잖아~~"
* "툭하면 애들과 싸우고 학교도 잘 빠지지만 가출한 애들에 비하면.. 사실 행복이 성적 순인 것도 아니잖아 ~~"

배우자에 대한 집착이든, 돈에 대한 집착이든, 그 어떤 집착이든 마찬가지다. 비우고 내려놓기의 시발점은 기대치를 낮추는 것이다. 어느 수준까지? 1단계는 70~80% 수준으로. 2단계는? 인내의 한계가 허용하는 수준까지.

"간절히 원하면 반드시 이루어진다"라는 말이 있다. 정말 그럴까? 매우 그런 편이지만 절대적인 건 아니다. 구리를 녹여 금을 만들겠다는 연금술이 대표적이다. 수많은 연금술사들이 간절히 원했지만 구리로 금을 만들어 내지는 못했다.

마음도 마찬가지다. 간절하게 원하면 반드시 이루어지는 것들이 매우 많다. 간절히 원하기만 하는 게 아니라 노력도 그만큼 하기 때문이다. 그러나 절대적인 건 아니다. 공시 합격이나 취업, 창업 등은 간절히 원해도 내가 바라는 대로 이루어지지 않는다. 오히려 이루어지지 않는 경우가 더 많은 편이다.

왜 그런 것일까? 행복해지기 위한 마음에는 비우고 내려 놔야 할 마음과 채워야 할 마음이 있기 때문이다. 위 예시처럼 채워져야 행복해질 수 있는 것들은 간절히 원한다 해도 반드시 이루어지는 건 아니다. 그러나 비우고 내려놓으면 행복해질 수 있는 것들은 다르다. 간절히 원하면 반드시 이루어진다.

비우고 내려놓는 건 나 자신만의 문제이고, 채우는 건 나 이외의 문제, 즉 환경이나 경쟁과 같은 조건에 영향을 받는 문제이기 때문이다. 그렇다면 비우고 내려놓는 게 잘 안된다는 사람들은 뭐가 문제일까?

미련이나 집착을 버리겠다는 마음만 있을 뿐, 간절함의 밀도가 낮기 때문이다. 상대적으로든, 절대적으로든 간절하지 못하다고 볼 수 있는 것이다.

그러므로 그런 이들은 지금보다 더 간절하게 마음 비우기와 내려놓기를 시도해야 한다. 매일 백팔배나 삼천 배를 하든, 백일기도를 드리든, 고해성사를 통해서든 마음을 비우고 내려놓자고 스스로에게 다짐을 하는 식으로.

필사란 '책이나 좋은 글 등을 옮겨 쓰는 것'을 말한다. 눈으로 읽고 그 의미를 생각하는 것보다 글을 쓴 작가의 생각을 더 깊게 이해히고 공감할 수 있다. 또한, 반복해서 쓰다 보면 삶의 이치를 스스로 깨달을 수 있다는 장점도 있다. 그런 의미에서 필사의 한 예를 소개한다.

다음의 예시된 글을 10회 이상 필사한 후, 당신의 느낌, 생각, 다짐 등을 글로 작성해 보시기 바란다. 수첩이나 다이어리도 좋고, 스마트폰에 있는 '컬러 노트'나 '똑똑 노트'와 같은 메시지 입력, 수정 관련 앱을 활용하는 것도 방법이다.

스마트폰 앱을 활용하면 언제, 어디서나 필사와 글쓰기가 편리하다. 또한, 과거의 느낌, 다짐 등에 대해 어떤 노력을 했고 얼마만큼 효과가 있었는지 알 수 있는 이점도 있다.

「 마음 비우기에 좋은 글 예시 」

1 | 비우면 반드시 채워지는 게 세상의 이치다.

* 다음의 3가지 질문과 관련한 딩신의 생각을 써보시기 바랍니다.

1) 나는 무엇을 비워야 할까? :

2) 왜 비우지 못하는 걸까? :

3) 무엇을, 어떻게 채워야 할까? :

2 | 생각한 만큼, 노력한 만큼, 배운 만큼 행복해 질 수 있다.

1) 나는 행복하다고 생각 하는가 :

2) 행복해지기 위해 노력 하는가 :

3) 행복해지는 법을 배우고 있는가 :

3 | 행복은 추억 속에 있다

1) 내 인생에서 가장 행복했을 때는? :

2) 그 때, 내 곁에 같이 있었던 사람은? :

3) 행복한 내일을 만들기 위해 지금 해야 할 일은? :

4 | 행복은 기다리는 사람에게는 오지 않는다, 만들어가는 사람에게만
온다.

1) 나는 행복을 기다리는 사람인가? 만들어가는 사람인가? :

2) 왜 그렇다고 생각하는가? :

3) 행복을 만들어가는 사람이 되기 위해 무엇을, 어떻게 할 것인가?
:

* 다음은 다른 책이나 글, 동영상 등에서 본 마음 비우기에 좋은 글 필사와 당신
의 생각쓰기 항목입니다.

5. (   )

6. (   )

각 질문 항목에 정답이란 건 존재하지 않는다. 당신의 생각을 진솔하게 썼다면 그게 바로 정답이다. 행복은 완전 주관식이기 때문이다.

이런 과정을 일기 쓰듯이 거의 매일 1년 정도 실천하면 어떤 변화가 올까? 3년 후는 어떨까? 답은 당신의 판단에 맡기겠다. 분명한 사실은 당신의 노력의 폭과 행복한 정도의 변화 폭은 정비례한다는 것이다.

맘 편하게 산다는 것은

지금까지 비우고 내려놓기를 잘 되게 하는 방법 4가지를 소개했다. 문제는 그렇게 해봤는데도 잘 안되더라는 하소연을 하는 이들이 많다는 것이다. 무엇이 문제일까? 어떻게 해야 할까?

'밀도'가 문제다. 앞서 언급했던 긍정의 예를 들어 보자. 비우고 내려놓으려는 모든 사람이 긍정적으로 생각하려 노력한다. 중요한 건 사람마다 긍정의 수준, 즉 긍정의 밀도가 다르다는 것이다. 긍정의 밀도가 높아질수록 비우기와 내려놓기가 잘 된다. 반대로 낮아질수록 잘 안된다.

어쨌든 비우고 내려놓기의 궁극의 목적은 맘 편하게 사는 것이다. 그렇게 살기 위해 필요한 원천들이 있다. 다음과 같은 7가지다.

「 맘 편하게 살기 위해 필요한 원천 7가지 」

1 | 생각

2 | 행동

3 | 신뢰

4 | 인정

5 | 존중

6 | 포기

7 | 망각

신뢰, 인정과 존중에 대해서는 4장 "일상에서 행복을 찾는 사람들"에서 다룬다, 이번 주제에서는 생각, 행동, 포기, 망각의 밀도를 어떻게 높일 것인지 알아보자.

| 생각 |

맘 편하게 사는 게 잘 안 되는 첫 번째 이유는 생각의 폭과 깊이, 즉 생각의 밀도가 높아지지 않기 때문이다. 생각의 밀도를 높이기 위해서는 4가지가 필요하다.

첫째, 긍정적으로 생각하기
둘째, 다르게 생각하기
셋째, 감사하게 생각하기
넷째, 바르게 생각하기

긍정적으로 생각하기는 바로 앞 주제에서 다뤘다. 바르게 생각하기는 굳이 설명하지 않아도 될 것이다. 일반적으로 "다르게 생각하기" 하면 남과 다르게 하기를 떠올린다. 그러나, 생각의 밀도를 높이기 위해서는 "나와 다르게 생각하기"가 더 중요하다.

제아무리 남과 다르게 생각하더라도 내 생각이 달라지지 않으면 생각의 밀도는 물론, 비움의 밀도는 변하지 않는다. 어떻게 하면 될까? 어제의 나, 즉 지금까지의 내 생각을 다르게 하는 것이다. 예를 들면, 생각의 주소를 '나라면'에서 '나라도'로 바꾸는 것이다.

그렇게 생각의 회로를 리셋하면 생각의 세부 주소도 달라진다. "나라면 그렇게 생각하지 않으리~~", 즉 '나라면 않으리'에서, "나라도 그렇게 생각할 수 있으리~~", 즉 '나라도 있으리'로. 그리하면 비우기와 내려놓기가 좀 더 수월해질 것이고, 맘도 편안하게 잘 살 수 있게 될 것이다.

생각이 바뀌면 말과 행동이 달라진다. 말투가 부드러워지고 호의적으로 바뀐다. 행동도 바뀐다. 가장 먼저 바뀌는 것은 얼굴 표정이다. 자신은 인식하지 못해도 상대방은 금세 알아차린다.

그러나, 생각을 바꾸는 것은 쉬운 문제가 아니다. 자신의 인생관, 이념, 신념의 차원이기 때문이다. 말투를 바꾸는 것 역시 마찬가지다. 유전적 소양이 있는 데다 오랜 기간 습관이 돼버린 탓이다. 그래도 행동을 다르게 하는 것에 비하면 조금 수월한 편이다. 그게 얼마나 어려웠으면 '작심삼일'이나 '세 살 버릇 여든까지 간다'는 말이 있을까?

어떻게 하면 행동을 바꿀 수 있을까? 누구를 만나든 먼저 웃으며 인사하고 덕담과 칭찬을 건네며 감사하다는 말을 빠트리지 않는 게 방법이다. 매일 이 같은 행동을 실천하면 딱딱했던 표정이 부드러워지고 밝고 환하게 바뀐다.

그게 시발점이 돼 갈등과 스트레스, 근심 걱정 등을 비우고 내려놓을 수 있게 된다. 문제는 위 방법들 역시 실천하기가 매우 어렵다는 것이다. 그런 고민을 가진 분들을 위해 2가지 솔루션을 소개한다.

하나는, '보상과 체벌'이다. A은행 김인주 지점장이 이 솔루션을 잘 활용해 자신 및 지점 은행원들의 행동이 바뀌도록 만든 사례를 소개한다.

< "김 지점장! 회의 끝나고 나 좀 보고 가."

 담당 영업본부장의 호출이었다. 김 지점장은 '반기 영업 실적은 상위
권이라 문제 될 게 없을텐데..'라는 생각을 하며 본부장실 문을 열었
다. 본부장은 지난달의 "영업점 고객 서비스 품질 평가 결과"를 보여
주면서 말했다.

  "김 지점장! 당신 지점이 밑에서 3등이야, 알았어? 다음 번 평가에
   서는 잘 나올 수 있도록 해~"

 지점에 돌아와서 직원들과 미팅을 가졌다. 고객 서비스 품질을 높이기
위한 다양한 아이디어들이 쏟아졌다. 그중에서 평가 기준과 연관이 있
는 것들을 중심으로 실천하기로 했다. 결과는 긍정적이었다. 본점에서
평가할 때마다 순위가 올라가 이제는 매번 상위 10% 이내에 들었다.
 문제는 고객 서비스 품질을 높이기 위한 행동 대신, 평가를 잘 받기
위한 방법에 더 신경 쓴다는 것이었다. 평가 기간 중에는 열심히 하다
가 평가가 종료되면 루즈해진다는 것도 문제였다.

  "어떻게 하면 평가와 관계없이 우리 영업점을 최고의 고객 서비스 품
   질을 제공하는 금융 매장으로 만들 수 있을까?"

라는 과제를 놓고 고민하던 중, 신입 직원 B가 아이디어를 냈다. 지점
내에서 전 직원의 왕래가 가장 많은 곳 바닥에 '스마일 라인(미소 선)
을 표기하자고 말했다.

그 미소 선을 넘을 때는 무조건 3초 이상 멋지게 웃은 다음, 넘어야 한다. 만약, 웃지 않고 넘거나 3초가 안되거나 그 웃음이 쓴웃음이나 코웃음 등과 같이 멋지지 않을 경우는 벌금으로 1만 원을 내야 한다는 아이디어였다. 다른 직원들 반응은 시큰둥했다. 그러나, 김 지점장은 B의 아이디어를 실천해보자고 말했다.

김 지점장은 직원들의 관심과 붐업을 위해 일부러 웃지 않고서, 때로는 멋쩍게 웃은 다음 스마일 라인을 넘었다.

"어? 지점장님! 벌금 만 원이네요. 안 웃고 넘으셨잖아요.."라는 피드백을 하도록 만들려는 의도였다. 그렇게 한 달여가 지나자, 지점 분위기가 이전보다 많이 달라졌다는 것을 느낄 수 있었다. 아이디어를 낸 B가 불쏘시개였다.

아침 미팅 시 "박 과장님, 웃음이 뭐 그래요? 어젯 밤에 형수님하고 대판 싸우셨어요? 벌금 만 원입니다~"라는 등의 멘트로 직원들을 빵뜨게 만들곤 했다. 그렇게 한바탕 웃고 나면 직원들 얼굴 표정이 훨씬 밝아졌다. 그뿐만이 아니었다. 고객 서비스도 눈에 띄게 달라지고 있다는 게 눈에 보였다.

3개월이 지나자, 웃음 바이러스가 고객들에게도 전파되기 시작했다. 지점장실에 들른 고객들 중 일부가 다음과 같은 류의 말을 하기도 했다.

"지점장님, 이 곳에 오면 기분이 좋아져요. 직원들 표정이 언제나

밝고 잘 웃고 친절해서 나도 덩달아 웃을 때도 있어요. 요즘은 이

곳이 은행이 아니라 웃음을 팔고 행복을 충전해주는 충전소라는

생각이 들어요. 그래서 코로나로 기분이 우울해지면 일부러 이 곳

을 찾기도 했어요. 행복을 충전하려요."

행복 충전소! 이 얼마나 멋진 말인가. >

이제, 김 지점장은 고객 서비스에 대한 부담감, 고민, 스트레스 등을 모두 비우고 내려놓았다. '잘 웃는다'는 작은 행동의 변화가 큰 물결을 일으키는 효자 태풍으로 발달한 덕분이다.

자신의 행동을 바꿔 마음을 비우고 내려놓을 수 있는 솔루션 2가지 중 다른 하나는 매사에 감사한 마음을 갖고 표현하는 것이다. 그러나, 이 방법 역시 행동으로 실천하는 게 쉽지 않다. 네 탓과 무지라는 2가지 이유 때문이다.

결혼한 사람들 중에 '내가 누구 때문에 이렇게 됐는데~~', '내 인생은 너 때문에 폭망했어~~'와 같은 하소연을 하는 사람들이 있다. 그들만 그러는 게 아니다. 상사 때문에, 가난한 집안 형편 때문에, 워낙 경쟁이 심해서, 교통 체증이 심해서, 집값이 그렇게 뛸지 몰라서 등과 같이 남 탓, 환경 탓하는 사람들도 많다.

그런 생각이 드는데 과연 감사하다는 행동을 할 수 있을까? 부모를 제외한 모든 탓들은 나의 무지에서 오는 내 탓일 뿐이다. 무엇에 대한

무지일까? 선택이다. 그런 배우자, 그런 자영업체, 그런 직장, 그런 길, 그런 시간을 선택한 나의 무지의 산물일 뿐이다.

이 문제를 풀기 위한 방법은 2가지다. 하나는 선택의 역량을 키우는 것이다. 이와 관련해서는 4장의 '어떤 선택을 해야 평생 행복할 수 있을까?' 외 4장의 관련 주제들을 참조하시기 바란다.

다른 하나는 '~~ 때문에..' 라는 생각의 회로를 '~~덕분에..'라는 회로로 완전 바꾸는 것이다. '남편 때문에 내 인생이 이 꼴이 됐어...', '그때 당신이 반대해서 집을 안 샀기 때문에..' 대신 '남편이 맘에 안 드는 게 많지만 그래도 건강한 덕분에...'나 '당신의 반대로 집을 안 산 덕분에...'라는 식으로.

물론, 포기도 쉽지 않다. 그래도 포기는 빠를수록 좋다. 생전 아물지 않을 것 같은 상처도, 당장 죽을 것 같은 고통도 지나고 나면 아무것도 아닌 게 대부분이다. 좋은 일이든, 나쁜 일이든, 즐겁고 행복했던 시절이든, 상처받고 불행했던 시절이든 지나고 나면 추억으로 남을 뿐이다.

죽어라 노력해도 포기가 잘 안된다고? 간절함의 밀도가 낮기 때문이다. 포기하려는 다양한 노력들의 밀도가 낮기 때문인 것이다. 마음 비우기와 내려놓기를 위해 하루 2시간씩 기도를 했다면, 하루 삼천 배를 했다면 양적, 질적으로 그 노력들의 밀도를 높여야 한다.

그래도 포기가 안 된다면 어쩔 수 없다. 신의 뜻, 하늘의 뜻이라 생각하자. 그리하면 포기가 되지 않을까?

어떤 일이든 잘 잊어버리는 망각의 밀도를 높이는 것도 필요하다. 건망증이나 치매에 걸리라는 뜻이 절대 아니다. 마음 비우기와 내려놓기의 걸림돌과 관련된 것들을 빨리, 완전히 기억 속에서 지워내라는 뜻이다.

그러니까 인간이다

행복해지고 싶은가? 그럼, 행복하다고 생각하시라. 인생은 객관식이고 행복은 주관식이니까. 생각만 하지 말고 노력하시라. 성공은 결과론이지만, 행복은 과정론이라거든. 그래도 그냥 죽어라 노력만 하지는 마시라. 행복해지는 법, 더 행복해지는 법도 배울 수 있으니까. 그러니, 배우시라.

배우기만 하지 말고 실행하시라. 무작정 실행만 하지 말고 목표를 세우시라. 어떤 목표를 세워야 하냐고? 밀도를 높이겠다는 목표는 어떨까? 행복의 밀도, 비움의 밀도, 채움의 밀도, 생각의 밀도, 노력의 밀도, 관계의 밀도...

너무 많은 것 같다고? 흐~음, 그렇군. 행복의 밀도 하나만으로도 충분하니까. 마음먹은 만큼, 노력한 만큼, 행복의 밀도를 높였다고 생각한 만큼 행복해질 수 있을 것이다.

당신을 행복하게 만드는 것은 돈도 스펙도 아니다. 하늘이 무너져도 흔들리지 않고 솟아오를 희망의 끈을 내려놓지 않는 마음이다. 그러고 싶은데 잘 안된다고?

마음속이 행복 걸림돌로 가득 차 있기 때문이다. 탐욕, 미련, 집착, 비관과 같은 것들 말이다. 장 청소하듯, 마음도 비워야 한다. 행복 디딤돌이 들어 찰 수 있도록.

내 안에 어떤 디딤돌부터 입주시킬까? 5개의 행복 발전소 중 1~2개 정도는 어떨까?

비우고 내려놓으려 해도 잘 안된다고? 맘 편하게 살자고 굳게 맹세했는데 잘 안된다고? 그게 고민이라고? 더 이상 고민하지 마시라. 그런 당신이 지극히 정상이니까. 당신이 신이 아닌 인간이란 증거, 그러니까 인간이란 얘기다. ㅋㅋ.

마음을 완전히 비우고 내려놓은 사람은 신이거나 해탈의 경지에 오른 성인일 것이다. 아니면 자신의 행복을 위해 주변 사람들의 고통은 전혀 신경 쓰지 않는 탐욕스러운 인간 내지는 히틀러 같은 살인마이거나. 우리 주변에 그런 사람이 몇이나 될까?
그래도 비우고 내려놓기 위한 노력을 멈춰서는 안 된다. 노력하는 과정 자체만으로도 내가 살아오면서 받은, 살아가면서 받을 정신적·육체적 고통과 상처를 최소화시킬 수 있거든.
미련, 분노와 증오, 자책감을 먼저 내려놓읍시다. 그런 상태에서의 말과 행동은 갈등과 상처의 골을 더 깊게 만들 뿐이니까. 이제 더 이상 상대는 물론, 나 자신에게 아주 나쁜 선물을 주문하지 마시라. 소량의 독약을 매일 나눠 먹는 것과 같다니까.

그렇다면, 마음을 완전히 비우고 내려놓을 수 있다면 행복하다고 느낄까? 그럴 필요가 없겠지? 그런 사람은 이미 해탈의 경지에 올랐을 테니까.

"결과보다 땀 흘리며 노력하는 과정이 더 아름다운 게 인생이다."라는 말이 있다.

어쩌면 행복도 마음을 비우고 내려놓으려 노력하는 과정의 중간 지점 너머 어디쯤에 있는 것 아닐까?

3장

나는 😝
탁월해지기로 했다

행복해지기 위해 꼭 채워야 할 4가지

 행복해지기 위해서는 비우고 내려놓는 방법이 최선이라고 생각하는 이들이 많다. 맞다. 그러나 그런 생각만 하는 사람들이 간과해서는 안 될 게 있다. 앞서 강조한 것처럼 비우고 내려놓을 것 자체가 없는 사람들도 많다는 것이다. 대표적인 게 돈과 취업이다.

 원인이 어디에 있든 돈에 쪼들리는 사람에게 "돈에 집착하지 마라. 있다가도 없고, 없다가도 있는 게 돈이다. 그러니, 마음을 비우고 돈 짐도 다 내려놓아라. 행복해지려면.."이란 말은 공허하게 들릴 뿐이다. 평생 먹고 살 걱정 안 해도 되는 이들의 넋두리일 뿐이다.

 "비우면 무언가로 채워지는 게 세상의 이치다."는 말도 웃기는 짬뽕이 된지 오래다. 노력하지 않는 사람들이야 없다. 문제는 죽어라 노력하는데도 채워야 할 기본인 의식주를 해결하지 못하는 이들이 많다는 것이다. 물론, 원하는 일자리를 구하지 못하기 때문이다

 새로운 대통령마다 이 문제를 해결하겠다고 나섰지만 상황은 점점 더 나빠지고 있다. 잔뜩 기대를 걸었던 이들의 후회와 회한만 깊어질 뿐이다. 이들은 어떻게 해야 행복해질 수 있을까? 취준생이나 공시생의 예를 들어 보자. 그들이 채우고(얻고)자 하는 것은 일자리, 즉 취업이다. 취업에 성공하려면 열심히 노력해야 한다.

그러나 문제는 죽어라 노력해도 취업이라는 목표를 이루지(채우지) 못하는 사람들이 많다는 것이다. 그들은 무엇을 더 채워야 할까? 노력의 밀도다. 노력의 밀도에 대해서는 뒷부분에서 생각해 보자.

자영업자들의 경우는 어떨까? 그들이 채우고자 하는 것은 돈이다. 자신의 통장이 매일, 매주, 매달 돈으로 채워지기를 원한다. 그러나 그렇지 못하는 이들이 아주 많다. 장사가 안 돼 폐업했거나 고민 중인 사람들도 많다.

그들이 돈을 채우기 위해 필요한 원천은 무엇일까? 경쟁력? 맞다. 그러나 그 정도로는 안 된다. 탁월한 존재가 돼야 한다. 남과 다르게, 어제의 나와 다르게 해야 한다. 어떻게 하면 될까? 뒷부분에서 생각해 보자.

직장인들은 어떨까? 그들이 채우(이루)고자 하는 것은 돈, 승진, 정년까지 일하는 것이다. 문제는 그 3가지를 이루지 못하는 이들이 많다는 것이다. 그들이 그 3가지를 이루기 위해 채워야 할 것은 업무 성과일까? 지식과 스킬일까? 리더십일까? 맞다. 하지만 최우선은 아니다. 최우선적으로 채워야 할 것은 인간관계의 탁월함이다.

물론, 직장인들만이 행복해지기 위해 인간관계의 부족함을 채워야 하는 것은 아니다. 자영업자도, 무언가를 팔아야 하는 사람들도, 주부도, 부모도 마찬가지다. 관련 내용은 4장의 "일상에서 행복을 찾는 사람들"에서 다룰 예정이다.

지금까지 언급한 내용을 분석하면 행복해지기 위해 채워야 할 원천들도 사람마다의 처한 상황과 조건에 따라 다르다는 걸 알 수 있다. 그렇다면 채워야 할 원천으로 가장 많은 사람들이 꼽는 것은 무얼까? 돈이다. 가장 먼저 채워야 할 원천은 무얼까? 꿈이다. 가장 행복한 사람이 되기 위해 채워야 할 원천은 무얼까? 보람이다.

이번 장에서는 행복해지기를 갈망하는 모든 사람이 꼭 채워야 할 4가지 원천에 대해 소개한다. 또한 어떻게 하면 잘 채울 수 있는지에 대한 솔루션도 다룰 예정이다.

「 행복해지기 위해 꼭 채워야 할 4가지 」

1 | 꿈
2 | 노력
3 | 돈
4 | 보람

위 4가지 외에 재능을 꼽는 사람들도 있다. 자신이 잘하는 분야의 재능을 탁월한 수준이 될 때까지 계속 채워 넣어야 한다면서. 맞는 말이다. 그러나 문제는 노력과 돈을 채우는 과정에서의 솔루션과 많은 부분에서 중복이 된다는 것이다. 노력, 돈을 어떻게 채워야 할지에 대해 언급할 때 같이 소개할 예정이다.

더 이상 행복해지는 길을 몰라 헤매지 말자

학력이나 직업, 나이 등에 관계없이 누구나 "내 인생의 주인공"으로 달리기 위한 인생 마라톤의 출발선에 선다.

달리고 싶지 않다고 피할 수 있을까? 아니다. 2~3년 늦게 출발했다고 문제가 될까? 아니다. 남들이 부러워하는 좋은 직업을 가졌다고, 신이 내린 직장에 다닌다고 내 인생의 주인공으로 잘 달릴 수 있을까? 아니다.

3년 동안 취업하지 못했다고, 공시에 다섯 번 실패했다고, 코로나19 때문에 실직했다고, 폐업해야 했다고 내 인생의 주인공으로 달릴 수 없을까? 아니다. 고졸이라고, 스펙이 형편없다고 출발선에 설 기회조차 없을까? 아니다. 육아와 교육, 가사에 매진해야 하는 전업 맘이라고 그렇게 달리는 게 불가능할까? 아니다.

그들 모두 얼마든지 "내 인생의 주인공"으로 멋지게 달릴 수 있다. 중요한 건 내 인생 마라톤을 멋지게 완주할 의지와 체력이 있느냐, 없느냐다. "나는 누구인가"라는 명제에 대해 "내 인생의 주인공이다"라고 자신 있게 말할 수 있는 꿈과 목표가 있느냐, 그 꿈을 이루기 위해 얼마나 노력하고 있느냐는 게 중요하다는 뜻이다.

우리 청춘들 중에 아픈 이들이 많다. 그 들 마다의 사연 중 가장 많은 게 무얼까? 원하는 일터에 취업하지 못했다는 것? 그렇다. 그러나 그들이 모르거나 간과하고 있는 더 중요한 게 있다. 바로 자신이 행복해지기 위해 가야 할 길을 몰라 헤맨다는 것이다. 인생의 좌표가 될 꿈을 포기했거나 새로운 꿈을 꾸지 않기 때문이다.

그들이 가장 먼저 해야 할 일이 있다. "다시 꿈꾸는 나"가 돼야 한다. 막연한 꿈만 꾸는 건 의미가 없다. "어떤 분야에서 독보적으로 탁월한 나가 되겠다는 꿈"이어야 한다.

예를 들어, "채권 투자의 지존으로 불리는 나", "세계 최고의 화장품 마케팅 구루", "칼국수 요리 실력이 최고인 나", "미용 실력이 탁월한 수준에 오른 나" 등과 같은. 그다음은? 더 이상 아플 시간도 헤맬 시간도 없을 것이다.

퇴준사(퇴직 준비하는 사람) 든, 정퇴사(정년퇴직한 사람) 든, 그 누구든 마찬가지다. 더 이상 인생의 좌표를 잃고서 헤매지 말자. 자신의 꿈을 이루기 위해, 더 행복해지기 위해 부족한 부분을 채워나가는 데만 해도 시간이 턱없이 부족할 것이기 때문이다.

< 최진수(가명, 45세) 씨는 대기업 L사에 부장으로 재직 중이다. L사의 기업문화 중 하나는 임원으로 승진하지 못하면 50세 전후로 퇴직하는 것이다. 자신도 3~4년 지나면 해당이 된다.

자연스레 퇴직 이후에 뭐 하며 살 것인지에 대해 생각하는 시간이 많아졌다. 이러는 와중에 코로나19 사태가 터졌다. 어쩌면 2년 이상은 버티지 못할 수도 있다는 불안감에 시달리고 있다.

지금까지는 "회사 다니는 아빠"였다. 퇴직 이후에는 '어떤 아빠'로 불릴까? "산에 다니는 아빠?" "커피숍 하는 아빠?" "프리랜서 아빠?" 자신 있는 게 없었다. 아마도 "코로나19 때 명퇴한 아빠"로 가장 많이 불리지 않을까? 조금 더 일찍 "하늘이 무너져도 살아남을 경쟁력 있는 나"가 되겠다는 꿈을 갖지 않은 것이 후회가 됐다. >

최 씨처럼 꿈이 없는 사람들이 의외로 많다. 놀라운 건 20대나 10대 중에도 많다는 것이다. 이해는 된다. 3포니, 7포 세대니 하는 말에 격한 공감이 가는 취업난, 천정이 없는 것처럼 치솟는 초고가 주택난 시대여서 말이다.

몇 번씩 도전해도 취업과 공시가 어렵다면 포기해도 된다. 포기가 더 나은 선택이 될 수도 있다. 결혼, 내 집 마련도 마찬가지다. 그러나 다 포기하더라도 꿈만은 안 된다. 꿈이 없는 사람, 꿈을 포기한 사람은 행복을 포기한 사람이다.

그들은 어떤 환경에서도 행복하게 살기 힘들다. 어제와 달라지지 않은 오늘, 희망이란 엑기스 없는 내일이란 일상이 반복적으로 찾아올 수밖에 없기 때문이다.

40대 중후 반 ~ 60대 이상 세대에도 꿈을 안 가진 이들이 많다. 퇴직 후 40여 년 이상 가야 할 길, 19세 성인이 돼 살아온 길보다 더 먼 길이 자신을 기다리고 있는데도. 그들이 하는 말은 대부분 이렇다.

> "연금 받아 부부 둘이 먹고 살 수 있으니 등산, 여행 다니며 친구 만나고 그렇게 살다 가면 됐지 뭐..."

> "이 나이에 꿈은 무슨. 월 2백 정도 벌 수 있는 일자리만 있으면 돼..."

이거 큰일이다. 두 번째 꿈을 가져야 한다고 강조해도 이런저런 이유로 꿈 없이 살아가고 있는 이들이 많기 때문이다. 꿈을 하고 싶은 일 정도로 착각하고 있는 이들이 많다는 것도 문제다. 꿈은 하고 싶은 것이 아니다. 이루고 싶은 것이다. 시간이 흐르면 손쉽게 이루어지는 것도 아니다. 열심히, 다르게 노력해야 오를 수 있는 높은 산이다.

후회하지 않으려면, 내 인생의 주인공으로 행복하게 살려면 지금 당장 꿈을 가져야 한다. 다음과 같은 사람들을 보면 아직도 기회는 많다. 81세에 그림을 배워 미국의 샤갈이라 불리며 101세까지 22번의 전시회를 연 화가가 있다. 92세에 시인이 되겠다는 꿈을 꾼 후, 98세에 시집을 출간해 일본에서만 100만 부 이상을 판 시인도 있다.

우리나라도 마찬가지다. 70대의 나이에 실버 모델로 활동하는 이들도 있고, 보디 빌더가 된 여성도 있다. 나답게 살면서 행복한 내 인생의 주인공으로 사는 사람들이라 할 수 있다.

위와 같은 사람들은 인생 마라톤의 종점 부근에서 마지막 스퍼트를 멋지게 장식한 이들이다. 현실은 어떨까? 인생 마라톤의 반환점 근처에서 어디로 달려야 할지 몰라 헤매는 이들이 많다.

물론, 꿈이 없다고 행복하게 살 수 없다는 건 아니다. 별다른 꿈이 없어도 행복하게 사는 사람들도 많다. 행복의 기준을 잘 충족시키며 사는 사람들 말이다. 그럼에도 꿈을 가져야 하는 이유가 뭘까? 2가지 이유가 있다.

하나는 언젠가 인생의 좌표를 잃고서 헤매는 삶을 살 수도 있기 때문이다. 다른 하나는 행복에도 유효기한이 있다는 것이다. 그러나 꿈꾸는 사람에게는 유효기한이 없다. 첫 번째든, 두 번째든, 세 번째든 그 꿈을 이루기 위한, 즉 지속 가능한 행복을 누리기 위한 노력을 멈추지 않을 것이기 때문이다.

필자들의 예를 들어 보자. 필자(이성동)의 꿈은 "삼백(三百)"이다. 첫 번째 백은 책을 백 권 출간하는 것, 두 번째 백은 백만부 이상 팔리는 책을 출간하는 것, 세 번째 백은 백세까지 책을 출간하는 것이다. 필자(김승회)의 꿈은 "구현(九現)"이다. 구십 세 넘어서까지 현역으로 활동하는 것이다. 만인의 오빠 송 해씨처럼.

우리 둘은 이런 농담을 가끔씩 주고받는다. "아마도 치매와 고독사는 우리 앞에 얼씬거리지 못할 거야."라고.

건강 수명과 행복 수명이란 게 있다. 꿈을 갖고 그 꿈을 이루기 위해 노력하는 과정 전체가 행복 수명은 물론, 건강 수명을 위한 최고의 명약이지 않을까?

50대 이상의 사람들 간 주고받는 덕담 중에 "건강해라, 건강하세요~~"라는 말이 있다. 이제부터는 그 말 대신, 다음과 같은 덕담을 건네자. "건강하세요. 멋진 꿈도 꾸시고요~~" 다음과 같은 말을 가슴에 새기면서.

> "건강을 잃으면 인생의 절반을 잃는다. 꿈과 희망을 잃으면? 인생의 전부를 잃는다."

4060 세대 님들께 !

40대, 앞으로 60년! 뭐하며 어떻게 살지?

50대, 앞으로 50년! 뭐하며 어떻게 살지?

60대, 앞으로 40년! 뭐하며 어떻게 살지?

노력의 밀도가 블랙박스다

열심히 노력하지 않는 사람은 거의 없다. 뜻한 바를 이루기 위해, 행복해지기 위해 누구 못지않게 열심히 노력했다고 자부하는 사람들 또한 많다. 프로야구나 프로축구 선수를 꿈꾸며 류현진 선수나 손흥민 선수보다 더 열심히 노력하는 운동선수들도 많다.

류현진 선수나 손흥민 선수 레벨은 아니어도 프로야구나 축구 선수의 꿈을 이루는 선수들도 제법 있다. 그러나 대부분의 경우는 꿈을 이루지 못한다. 프로야구나 프로축구 구단으로부터 지명을 받지 못해 꿈을 접어야 했던 이들 말이다.

그들이 초등학생 때부터 간직했던 그 꿈을 접어야 했던 이유는 무얼까? 야구나 축구 선수로서의 재능이 부족했기 때문일까? 그런 선수도 있고 그렇지 않은 선수도 있을 것이다. 운동을 열심히 하지 않았기 때문일까? 그런 선수들은 그리 많지 않다.

그렇다면 그들은 무엇이 문제였을까? 지도자를 잘못 만났기 때문일까? 물론, 그런 선수도 일부는 있을 것이다. 그러나 대세는 아니다. 그저 노력만 열심히 했다는 것이다. 노력 대신 노력의 밀도를 높이기 위해 열심히 노력했어야 한다. 노력의 밀도가 블랙박스이기 때문이다.

손흥민처럼.

☺ 주 : 노력과 노력의 밀도의 차이 ☺

1. 노력 : 목적을 이루기 위해 있는 힘을 다해 부지런히 애를 쓰는 행위. 주로 노력의 폭, 즉 양적인 측면의 관점임.

2. 노력의 밀도 : 목적을 이루기 위해 지혜롭게 부지런히 애를 쓰는 행위. 즉, 양적 인풋만이 아니라 질적 인풋을 병행하는 노력의 정도를 말함.

노력의 밀도를 높이려는 노력, 그리고 멘토의 도움을 통해 성공한 대표적인 이들 중 한 명이 바로 잉글랜드 프로축구 토트넘 구단 소속의 손흥민 선수다. 손 선수가 월드 클래스 축구 선수가 될 수 있었던 중요한 원천들 중 하나가 아버지의 멘토링이다.

손 선수가 축구 선수가 되겠다는 꿈을 가졌을 때, 그의 아버지가 가장 먼저 한 일은 유소년 축구 시스템이라는 울타리 밖으로 손 선수를 나오게 만드는 것, 즉 남과 다른 길을 가는 선택이었다. 아들을 그 안에 두면 대성하기 어렵다고 판단했기 때문이다.

축구 선수로 대성하려면 체력은 물론, 패스, 볼 키핑, 드리블 돌파, 슈팅 등 개인 기술과 관련된 기본기가 탄탄해야 한다. 그러나 각급 학교가 추구하는 건 그게 우선이 아니다. 이기기 위한 전술을 우선적으로 가르치는 시스템이다.

축구 선수로 성공하려면 일단, 프로팀의 지명을 받아야 한다는 게 통념이다. 그리되기 위해서는 초등 때부터 중·고교 때까지 축구를 열심히 해야 한다. 그러나 손 선수의 아버지는 학교 축구라는 울타리를 훌쩍 뛰어넘었다. 아들의 축구 인생에 필요한 양적 훈련은 물론, 질적 훈련을 병행해 탁월한 개인 기술을 이식시키기 위해서였다.

그 이후, 손 선수는 부친이 운영하는 축구 교실에서 볼 키핑 기술, 드리블, 패싱, 슈팅 등 개인 기술을 성장시키기 위한 훈련을 집중적으로 받는다. 물론, 다른 유소년들도 각 급 학교에서 그와 같은 훈련을 받는다. 그러나 체력 위주 양적 훈련의 비중이 높다. 그러다 보니 손 선수에 비해 슈팅, 드리블 등 개인 기술이 부족할 수밖에 없다.

손 선수는 결국 다니던 고교를 중퇴하고 독일 유소년 팀에 입단한다. 그 후, 함부르크와 레버쿠젠이란 팀을 거쳐, 잉글랜드 토트넘 구단으로 이적한다. 이후, 세계 수준의 축구 선수로 우뚝 서게 된다. 그 핵심 성공요인은 무얼까? 비록 아버지이지만 탁월한 멘토의 도움을 받았다는 것, 노력의 밀도를 높이기 위한 노력을 했다는 것이다.

그중 두 사례를 소개한다. 하나는 EPL(England Premere Leage) 시즌이 끝나고 한국에 돌아와서도 노력의 밀도를 높이기 위한 노력을 멈추지 않는다는 것이다. 하루 1,000회(왼발 500회, 오른발 500회)씩 슈팅 연습을 한다.

다른 하나는 오늘보다 더 강하게 진화하기 위해 끊임없이 노력하는 스타일이라는 거다. 손 선수는 2020~2021 시즌을 앞두고 가진 평가전에서 2골을 넣고 나서 다음과 같이 말했다. "더 많은 골 찬스가 있었는데 아쉽다. 매 게임마다 더 날카로워지기 위해 노력할 것이다."

오늘의 손 선수를 있게 만든 건 타고난 폭발적인 스피드일까? 아니다. 토트넘 팀 내에는 물론, 다른 팀들에도 손 선수보다 빠른 선수들은 많다. 골 결정력이 답이다. 당신 역시 마찬가지 여야 한다. 손 선수처럼 양적 노력에 질적인 노력의 밀도를 높이기 위해 전력투구해야 한다.

손흥민 선수의 노력의 밀도 블랙박스는 무엇일까? 슈팅, 패스, 드리블 등 축구 선수가 갖춰야 할 기본기가 탁월하다는 것, 양발을 자유자재로 쓴다는 것, 그리고 스피드가 뛰어나다는 것이다.

이 중 스피드는 타고난 재능이다. 그러나 기본기와 양발 쓰기는 노력의 결과이다. 양적 노력에다 질적 노력을 결합해 노력의 밀도를 높였다.

손 선수의 사례는 "죽어라 노력해도 잘 채워지지 않는다(잘 안 된다)"는 사람들에게 3가지 시사점을 준다.

첫째, 양적 노력 그 자체보다 질적 노력을 결합한 노력의 밀도를 높여야 한다.

둘째, 관련 분야에서 탁월한 존재가 될 나만의 필살기를 갖춰야 한다

셋째, 타고 난 재능이 있는 분야를 선택하는 게 좋다. 그러나 타고 난 재능이 없더라도 노력의 밀도를 높이고, 나만의 필살기를 만든다면 채우기, 즉 채움의 밀도와 행복의 밀도를 높일 수 있다.

그렇게 한다면 "죽어라 노력하는데도 왜 안 되는(채워지지 않는) 거죠?"란 하소연을 더 이상 하지 않아도 되지 않을까? 대부분 원하는 결과를 얻게 될 것이므로. 만약, 얻지 못한다 해도 죽을 만큼 원 없이 노력했다는 것 자체가 행복을 부를 것이기 때문이다.

나에게는 돈이 행복의 전부다

"건강하지 못하면 인생의 절반을 잃는다"는 말이 있다. 아니다. 인생의 전부를 잃는다고 생각하는 사람도 많다. 꿈과 희망 없이 구름처럼 살아가는 사람들 대부분이 그렇다. 돈이 없으면 어떨까? 행복의 절반 이상을 잃는다.

너무 일방적인 생각 아니냐고? 그렇지 않다. 사람들에게 "당신이 행복해지기 위해 가장 필요한 것 하나만 꼽는다면?"이란 질문을 던지면 무엇을 꼽을까? 건강? 취업? 사랑? 돈? 맞다. 이것들 중 응답자 2/3 정도의 사람들이 꼽는 것이 있다. 바로 돈이다.

그들은 행복해지기 위해 꼭 채워야 할 4가지 중 첫 번째로 돈을 꼽는다. 그들 중 일부는 결국 돈이 행복의 전부 아니냐는 주장을 펴기도 한다.

그렇다면 행복해지기 위해 꼭 채워야 할 4가지 중 왜 꿈과 노력에 이어 3번째로 언급하는 걸까? 2가지 이유가 있다.

하나는 돈을 많이 버는 것과 관련된 꿈을 가져야 하고, 어제까지와 다르게 노력하는 것, 즉 노력이 밀도를 높이는 과정의 아웃 풋이기 때문이다.

다른 하나는 월평균 소득의 증가와 행복도 상승이 언제나 정비례하는 건 아니기 때문이다. 여러 연구들에 의하면 월평균 소득과 행복도는 다음과 같은 패턴을 보인다.

[월평균 소득의 행복도]

10
9
8
7
6
5
4
3
2
1
0

1백만원 미만 2백만원 미만 3백만원 미만 4백만원 미만 5백만원 미만 6백만원 미만 7백만원 미만

월평균 소득 5백만 원 까지는 소득이 늘어날수록 행복도가 빠르게 증가한다는 걸 알 수 있다. 그러나 이 같은 연구 결과들을 객관적으로 받아들일 필요는 없다. 1장에서 강조했듯이 인생은 객관식이지만 행복은 주관식이기 때문이다.

월평균 소득이 2백만 원 정도에 행복도가 매우 높은 사람도 있고, 천만 원이 넘는데도 행복도가 낮은 사람도 있다.

내 통장을 돈으로 가득 채울 때의 돈의 액수 또한 마찬가지다.

이 같은 관점에서 통장을 돈으로 가득 채우려면 무엇을, 어떻게 실행하는 게 좋을지 생각해 보자. 다음과 같은 3단계 어프로치가 필요하다.

「 내 통장을 돈으로 가득 채우기 위한 3단계 」

　1단계 : 오래 많이 버는 일하기

　2단계 : 평생 돈 걱정 없이 살 소비 습관 만들기

　3단계 : 원금 손실 없는 투자 습관 만들기

이제부터 3단계에 대해 알아보자.

오래 할 수 있는 일이 답이다

내 통장을 돈으로 가득 채우기 위한 조건은 2가지다. 첫 번째는 돈을 많이 버는 일을 하는 것이다. 의사 • 변호사 등의 고소득 전문직, 연기 • 방송 • 스포츠 등 대중문화예술 분야의 스타, 대기업 임원, 고소득 임대 사업자, 고소득 자영업자 등과 같은 사람들이 하는 일들 말이다. 두 번째는 많이 벌면서 오래 할 수 있어야 한다는 것이다.

보통 사람들의 현실은 어떤가. 공무원을 제외하면 대부분 첫 번째 조건조차 충족시키기 어렵다. 예를 들어 보자. 한 연구에 의하면, 대기업 입사 동기들 중 임원이 되는 비율은 1% 내외라고 한다. 백 명 중 한 명 정도라는 뜻이다. 정년을 채우기 힘든 나머지 99%의 직장인들은 먹고 살 걱정부터 해야 한다.

더 근본적인 문제는 퇴직 후 어떤 분야의 일을 하든 돈을 많이 번다는 게 호락호락하지 않다는 것이다. 현재 그런 상황에 처한 사람들은 어떻게 해야 할까? 용접, 보일러, 사출성형, 인테리어, 요리, 미용, 세일즈 등 무슨 일을 하고 있든 그 분야에서 탁존(탁월한 존재) 이 되는 게 답이다. 전문가 수준에 머물러서는 안 된다는 것이다.

그래야 할 이유가 있다. 가히 지금은 전문가 홍수 시대라 할 수 있다. 그 정도 수준으로는 돈 많이 벌 수 일을 하는 것도 그 일을 오래 하는 것도 어렵다. 그만큼 경쟁이 치열해졌기 때문이다. 그렇게 되는 법에 대해서는 다음 주제, "어떻게 탁월한 존재가 되는가"를 참조하시기 바란다.

문제는 "탁존 되는 것이 내게는 그림의 떡일 뿐이야. 비정규직과 알바를 왔다 갔다 하는 신세인데..."라며 하소연하는 사람들이다. 아니다. 그런 생각이 문제일 뿐이다. 설렁탕 맛집에서 서빙 알바를 하는 사람의 예를 들어 보자. "지금까지 당신만큼 열심인 알바는 처음이다"라는 평판을 들을 정도가 돼야 한다.

서빙을 넘어 그 맛집의 레시피를 전수 받든지, 스스로 노력해 대한민국 최고의 설렁탕 레시피를 개발해내는 방법도 있다. 그리하면 설렁탕 요리사로 취업할 수도 있고 창업할 수도 있다. 버는 돈은 아르바이트할 때보다 최소 2~3배 이상 많아지지 않을까? 대를 이어 설렁탕 맛집을 오래오래 운영할 수도 있을 것이다.

물론, 그게 말처럼 쉬운 일이냐는 사람들이 많을 것이다. 그러나 마음만 먹으면 이루지 못할 일도 아니다. 비정규직과 알바를 오가는 현실에 좌절하지 마시라. 그럴 시간이 없다. 지금 당장 오래 오래 할 수 있는 한 분야를 선택하시라. 그 분야에서 탁존(탁월한 존재)이 되겠다는 꿈을 가져라. 3년, 5년, 10년 이내와 같은 목표와 함께.

어디에서, 무슨 일을 하고 있는 사람들도 마찬가지다. 오래 많이 벌 수 있는 분야에서 탁존이 되겠다는 꿈과 목표를 가지시라.

문제는 탁존이 되기 전, 비정규직이나 알바를 했을 때의 평균 소득으로는 통장을 돈으로 가득 채우기 어렵다는 것이다.

그들에게는 희망이 없을까? 방법이 없는 건 아니다. 독하게 마음먹으면 얼마든지 길을 찾을 수 있다. 하던 사업이 망해서 진 빚 5억이 넘는 돈을 오직 알바만을 해서 6년 8개월 만에 다 갚은 이종인(가명, 당시 45세) 씨처럼. 이 씨는 어떻게 그 많은 빚을 갚을 수 있었을까?

알바를 3~5개씩 하는 것이다. 어떻게 그렇게 할 수 있느냐고? 이런 식이다. 주중에는 "새벽에 우유나 신문배달, 아침과 점심 후에는 유치원 버스 운행, 오전은 떡 배달, 오후는 학원이나 태권도장 버스 운행"

이 씨의 알바는 주말에도 계속됐다. 김밥, 치킨 배달이나 편의점 알바 등을 하면서. 이 같은 노력의 대가로 월 4백 ~ 6백만 원 내외의 돈을 벌어서 빚을 갚아 나갔다. 알바 분야의 탁존이라 할 수 있지 않을까? 생활비는 어떻게 해결했느냐고? 이 씨 아내가 콜센터 상담원으로 근무하면서 번 돈으로.

이 씨 부부의 사례는 우리에게 다음과 같은 3가지 시사점을 던진다. "오래 많이 버는 일은 고소득 분야 종사자들만 할 수 있는 게 아니다. 현재 어떤 일을 하고 있는가의 문제도 아니다. 어떤 마음을 먹느냐의 문제이다."

이 습관만 지켜도 평생 돈 걱정 없이 살 수 있다

평생 돈 걱정 없이 살려면 많이, 오래 벌 수 있는 일을 하는 것이 중요하다. 그러나 그런 사람은 5% 내외이다. 나머지 95%의 사람들은 오르지 못할 나무일까? 아니다. 그들에게도 길은 있다.

버는 돈이 적으면 저축하는 돈이 적어질 수밖에 없다. 이 룰을 깨야 한다. 그러지 못하면 돈으로부터 자유로운 상태에 이르지 못할 가능성이 높다. 가장 먼저 할 일은 번 돈의 몇 %를 저축하고 소비하는 게 좋을지에 대한 기준을 정해야 한다. 누구나 한 번쯤 생각해 본 명제일 것이다. 그 황금률로 필자들은 7030 법칙을 제시한다.

7030 법칙은 번 돈의 70%는 안전 자산에 저축하거나 투자하고 30% 이내의 돈을 쓰는 저축과 소비의 룰을 말한다. 이 법칙에 대해, "월 소득이 2백만 원인데 방세만 50만 원이다. 30%만 쓰라는 건 현실을 모르는 이론적인 법칙일 뿐이다..."라며 목소리를 높이는 이들이 많다. 그들의 주장이 틀렸다는 건 아니다. 하지만 그런 생각을 바꾸지 않으면 평생 돈에 쪼들리며 살 수밖에 없다. 위 사례의 주인공을 예로 들어 보자. 그가 번 돈의 30% 이내만 쓰면서 살 수 있는 방법은 2가지다. 하나는 방세를 절반 수준 이하로 낮추는 것이다. 방 하나를 둘이 쓰거나 부모, 형제, 친구 등의 집으로 들어가는 방법 등을 찾아서.

이런 방법에 대해 "내일 행복해지자고 오늘을 희생하며 살고 싶지는 않다.."라며 반박하는 이들도 있다. 맞는 말이다. 그러나 그런 삶의 문제는 오늘은 행복할지 모르지만 내일은 그렇지 못할 확률이 높다는 것이다. 베짱이처럼.

주변에서 보면 30%가 아니라 10% 정도만 쓰며 사는 사람들도 있다. 인기 탤런트 전원주 씨 같은 사람들 말이다. 전 씨는 월 소득이 높은 탤런트니까 가능했지 않았겠느냐고? 그렇지 않다. 무명 탤런트 시절에는 버는 게 적었다.

전 씨만 그런 게 아니다. 번 돈의 10% 이내로 소비를 줄이기 위해 일터에서 숙식을 해결하는 사람들도 있다. 의지와 선택의 문제란 얘기다. 다른 하나는 그런 이들을 위한 대안이다. 월세 50만 원의 원룸의 행복을 누리고 싶다면 월 소득을 늘려야 한다. 월 3백만 원 ~ 4백만 원 수준으로.

이종인 씨 처럼 투잡, 쓰리잡을 갖든지, 자신의 가치를 높여 그 수준의 연봉을 주는 곳으로 전직을 하든지, 창업을 하든지와 같은 식으로. 아직도 "번 돈의 30% 이내만 쓰고서 생활이 되나? 월 천만 원 정도 번다면 모를까?"라는 생각을 갖는 이들이 있을 것이다. 그들을 위해 우리나라의 평균적인 맞벌이 부부의 7030법칙 실천기를 소개한다. 박진수(가명, 당시 33세), 이가연(가명, 당시 30세) 씨 부부가 그 주인공이다.

< 박 씨는 2004년 대학 졸업 후 대기업에 입사했다. 하지만, 직장인의 비애를 많이 느꼈다. 사표 쓰고 싶은 마음도 여러 차례였지만 결국 회사를 그만두지는 못했다. 2007년 말에는 결혼을 했다.

박 씨 부부는 평생 돈 걱정 없이 살아가려면 집 외에 최소 10억 원이란 돈이 필요하다는 생각을 했다. 그래서 10년 안에 10억 원 + α를 모으겠다는 목표를 세웠다. 박 씨 부부가 실천한 것 중 하나가 바로 7030 법칙이다.

당시, 박 씨와 교사였던 아내의 합산 월 소득은 6백만 원 정도였다. (통장 입금 기준, 상여금은 별도) 매달 420만 원은 복리형 적금에 불입했다. 소비는 당연히 180만 원 이내에서 했다. 상여금 역시 마찬가지였다.

박 씨 부부와 비슷한 소득 가구들의 월평균 저축과 소비 지출 비용은 어떤 수준이었을까? 박 씨 부부와 정반대였다. 통계청 자료에 의하면 30%대 70% 수준이었다.

주목해야 할 점은 바로 이것이다. 처음 5년간은 그렇게 악착같이 해도 3억 원 정도밖에 모으지 못했다는 것이다. 그런데, 점점 가속도가 붙기 시작하니까 목표 달성까지 채 9년이 걸리지 않더라는 것이다. 두 사람의 연봉이 매년 높아졌다는 것과 원금 보장형 금융 상품에 일부를 투자한 덕분이었다.

목표로 했던 10년 기한인 2018년 연말이 되자, 박 씨 부부의 통장은 11억 원이 넘는 돈으로 채워졌다. 물론, 7030 법칙으로만 10년 안에

11억이 넘는 돈을 모은 건 결코 아니다. 그러나 가장 결정적인 공헌을 한 것만은 틀림없는 사실이다.

박 씨 부부는 이후, 그 돈을 어떻게 했을까? 다음 주제, "원금 손실 없는 투자 습관 만들기 "를 참조하시기 바란다. >

박 씨 부부의 사례에 대한 반응 역시 엇갈린다. 부정적인 반응의 대부분은 "부부 합산 월 소득이 7백 정도다. 베이비시터에게 만 월 200만 원이 나간다.."는 식이다. 꼭 써야 할 돈이 부부 합산 소득의 30%를 훌쩍 넘는다는 것이다. 그런 이들은 다음의 말을 곱씹어 보시기 바란다. "베이비시터를 10년 동안이나 쓸 거냐..."

물론, 7030법칙 따라 돈 쓰기가 비교적 쉬운 사람과 어려운 사람이 있다. 그러나 어렵다는 사람들이 꼽는 이유들은 대부분 핑계에 지나지 않는다. 내 통장을 돈으로 가득 채우고 싶다면 부디 생각을 바꾸시기 바란다. 아니, 습관이 되도록 만들어야 한다.

비교적 쉬운 사람들은 더 철저하게 지키는 게 좋다. 돈은 언제까지나 잘 벌 수 있는 게 아니다. 어려워졌을 때를 대비해 잘 나갈 때 통장을 가득 채워 놓아야 한다. 언제까지 그렇게 해야 하냐고? 지금 하고 있는 일을 그만두더라도 평생 돈으로부터 자유롭게 살 수 있게 될 때까지.

원금 손실 없는 돈 불리기 투자 습관 만들기

다음의 질문에 답해 보시기 바란다.

"제로에서 1억 원을 만드는 것과 1억 원에서 10억 원을 만드는 것 중 어느 것이 더 어려울까?"

대부분 후자를 꼽는다. 그러나 10억 원 이상의 돈을 모은 사람들은 다르다. 전자를 꼽는다. 왜 그렇다는 걸까? 후자의 경우도 쉽지 않지만 1억이라는 종잣돈을 모으면 그 돈을 불려 추가 소득을 만들 수 있기 때문이다. 조금 과장된 표현을 하자면 돈을 잘 불리면 눈덩이 불어나듯 만들 수 있다는 것이다.

돈을 불리는 방법은 많다. 대표적인 게 예적금을 들거나 주식, 채권, 부동산, 금, 파생 상품 등 유무형의 상품에 투자하는 것이다. 이 책은 투자에 관한 책이 아니다. 그러므로 이들 상품에 대한 투자 방법은 다루지 않는다. 주식 투자를 사례로 스마트하게 돈 불리는 데 있어 가장 중요한 주제 한 가지만을 다룰 예정이다.

이 책의 콘셉트 상 분산 투자나 차트, 애널리스트 활용과 같은 주식 투자 스킬도 다루지 않는다. 이 책을 읽는 독자분들이 원금 손실 없는 투자 습관을 만드는 데 있어 가장 중요한 것에 대해 소개할 예정이다.

최근 들어 주식 투자 열풍이 불고 있다. 직장인들은 물론, 일부 대학생들도 주식 투자에 열을 올리고 있다. 일명, 동학개미로 불리는 그들의 무용담들도 온 오프라인을 통해 넘쳐나고 있다.

그들이 주식 투자를 하는 배경은 마땅히 돈을 불릴 상품이 없기 때문이다. 예금 금리는 2% 내외이고, 아파트 등의 부동산 투자는 돈이 부족해 투자할 엄두를 못 내기 때문인 것이다.

대부분의 전문가들이 주식 투자에서 가장 중요한 것으로 가치 투자, 분산 투자, 장기 투자를 꼽는다. 맞는 말이다. 그러나 훨씬 더 중요한 게 있다. 바로 사고파는 타이밍이다.

물론, 주식투자의 경우만 그런 건 아니다. 펀드든, 아파트든, 상가든, 그 무언가를 사거나 팔 때, 또는 창업을 하거나 폐업을 할 때 등도 마찬가지다. 그 시기를 잘 판단하는 게 가장 중요하다. 그렇다면 무슨 비결이라도 있는 걸까? 경제 위기 때 대박을 낸 사람들을 소환해 보자. 그들이 꼽는 비결은 의외로 간단하다.

"투자해야 할 최적의 타이밍은 모든 사람이 공포를 느낄 때"라는 것이다. 하도 많이 들은 얘기라 식상하다는 느낌이 들 것이다. 그래도 그들은 일관되게 강조한다. "큰 기회는 다른 사람들과 다른 길을 가야 잡을 수 있다"라고. 이와 관련된 대표적 사례를 들어 보자.

1998년 외환위기 때 1억을 투자해 156억을 번 K 모 씨, 2008년 글로벌 금융위기 때 천만 원을 투자해 70억을 벌었다는 J 모 씨 등이다. 그들의 공통점은 모든 사람이 공포심을 느낄 때 투자했다는 것이다. 그렇다면 팔아야 할 타이밍은 언제일까? 모든 사람이 장밋빛 전망을 할 때다.

이같이 간단한 투자 원칙을 사람들은 왜 잘 지키지 못하는 걸까? 보통 사람들은 왜 사고 파는 것을 잘못하는 걸까?

"2008년 미국 발 글로벌 금융 위기 같은 게 올 줄은 꿈에도 몰랐다. 코로나19 바이러스로 전 세계가 멈추는 위기가 올 줄 누가 알았나? 소위 전문가라는 사람, 부자라는 사람들도 전혀 예상치 못했더라.." 라고 말하는 사람들처럼 그저 운이 나빴기 때문일까?

아니다. 사고파는 타이밍을 선택하는 노하우가 없기 때문이다. 그렇다면 사람들은 왜 타이밍 선택을 잘하지 못하는 걸까? 여러 가지 이유가 있다.

필자들은 다음과 같은 3가지를 핵심적인 이유라 말한다. 많은 사람이 가는 길이 안전하다고 믿는 심리, 징후를 읽는 안목이 없고, 미래를 읽는 통찰력도 없다는 것이다.

'공포심'의 징후를 읽고 주식 투자를 해야 할지, 말아야 할지를 선택해보자. 1998년 외환위기나 2008년 글로벌 금융위기가 터지기 전의 공통적인 징후들은 다음과 같았다. 먼저, 1차 폭락기의 징후들이다.

1. 지상파 TV 방송 3社 저녁 메인 뉴스 첫머리에 '주가 폭락' 보도

2. 주요 신문 1면에 '주가 급락' 대서특필

3. 유선방송, 인터넷 포털 들도 '주가 폭락' 관련 뉴스를 메인 뉴스로

이 정도면 공포심을 느낄까? 모든 이들이 아니라고 답한다. 대부분 그 날 이후, 5일 연속 폭락하거나 2~3 주 연속 하락하지는 않기 때문이다.

하루 이틀 하락한 후, 등락을 거듭하다 2차 폭락기가 온다. 이때도 대부분의 투자자들이 공포심을 느끼지 않는 편이다. "불안한 마음이지만 이제 더 이상 하락하지 않겠지.."라고 스스로를 안심시키기 때문이다.

그러나 그 이후, 야속하게도 3차 폭락기가 온다. 이때 언론을 장식하는 단어는 다음과 같은 것들이다.

"주가 대폭락… 사상 최대 낙폭 기록…"
"금융시장 붕괴 우려"
"금융시장 사실상 마비"
"투자자들 패닉… 너도 나도 투매… 푹푹 한숨만…"
"외국인 매도 지속"
"국민연금 주식 매수 검토"

그 외에도 공포심을 가질만한 온갖 비관적이고 자극적인 단어들이 언론은 물론, 개인 유튜브 방송 등의 핫이슈로 다루어진다. 그렇다면 지금(2021년 4월 말 기준)은 주식을 사야 할 때일까? 팔아야 할 때일까? (개별 주식이 아니라 주식 시장 전반의 관점) 필자들은 팔아야 할 때라고 말한다. 다음과 같은 이유에서다.

2020년 2월 경부터 시작된 코로나 경제 위기 기간(이 책 집필 중인 2021년 4월 말까지) 동안, 특히 주식 시장 참여자들이 공포심을 느낄 만한 하락 국면이 있었을까?

사람마다 관점이 다르겠지만, 필자들은 2020년 1~3월에 1차 하락기만 나타났다고 본다. 이번 코로나 경제 위기 국면에서 주식 시장 참여자들이 공포심을 느낄만한 하락 국면은 아직 나타나지 않았다는 것이다.

물론, 코로나 위기가 1998년의 외환위기나 2008년의 금융위기와는 다르다. 그러나 유사한 면도 있다. 돈이 너무 많이 풀렸다는 것이다. 인플레에 대한 우려로 각국 중앙은행들은 적어도 2~3년 정도는 긴축정책을 펼 것이다. 필자들이 지금은 팔아야 할 때라고 말하는 근거이다.

그러나 이는 필자들의 예측일 뿐 미래는 아무도 모른다. 지금은 신만이 알뿐, 아무도 모르는 변수가 터져 나올 수 있기 때문이다. 2021년 3월 이후, 신의 한 수급 선택을 위한 2개의 경우의 수가 나타날 수 있다. 하나는 공포심을 느낄만한 주가 폭락의 여러 징후들이 나타날 때다.

대폭락 직후, 여유 자금의 1/3 정도를 주식에 투자하는 것도 좋다. 투자금을 3회로 나눠 투자 타이밍을 분산시키는 것도 매우 중요하다.

어떤 주식에 투자할 것인지 등은 전문 영역이므로 다루지 않는다. 단, 사전에 목표 수익률을 정해 놓고 그 선을 넘으면 미련 없이 팔아야 한다는 조언만은 꼭 드린다. 이 같은 투자 시(時) 테크를 습관으로 만들라는 것이다. 투자액이 5백만 원이든 3천만 원이든, 당신의 통장을 돈으로 가득 채우는데 많은 도움이 될 것이다.

다른 하나는 공포심을 느낄만한 징후들 대신 오히려 온갖 낙관적인 전망들이 넘쳐 날 때다. 물론, 이 시기에도 한편에서는 주식 시장 과열에 대한 경고 메시지들이 나온다. 그러나 낙관적인 메시지들에 묻혀 버린다.

이때는 주식 투자는 잊고 다른 대안들 중에 신의 한 수급 선택을 해야 한다. 코로나 발 2차 하락기가 올 가능성이 높기 때문이다.

어떻게 탁월한 존재가 될 것인가

 어떤 곳에서 어떤 일을 하든 잘 못하는 사람은 그 일을 오래 하기 힘들다. 돈을 많이 버는 것 또한 어렵다.

 어설프게, 어중간하게 잘하는 사람 역시 크게 다르지 않다. 평상시에는 별다른 문제가 발생하지 않는다. 그러나, 대규모 인력 감축기는 상황이 달라진다. 그들도 예외가 아니다. 경제 위기가 닥쳐 구조조정이 본격화되면 그들 역시 일터를 떠나야 한다.

 코로나19발(發) 경제 위기는 많은 시사점을 던져 주고 있다. 그중 하나가 잘하는 사람들도 속수무책으로 무너질 수밖에 없었다는 것이다.

 그들이 행복해지려면 어떻게 해야 할까? 텅 빈 통장에 다시 잔고가 채워져야 한다. 이를 실현 가능하게 만들 대안은 무엇일까? 아주 세분화된 분야에서든, 작은 상권 내에서든 탁월한 존재가 되는 것이다. 그런 존재가 되지 못하고 어설프게 잘하는 상태에 머무른다면? 온라인과 인공지능 기반의 경쟁 상대에게 밀려 날 가능성이 높다.

문제는 기업이든, 공직 사회이든, 우리 사회 곳곳에 그런 사람들이 아주 많다는 것이다. 그들 역시 마찬가지다. 자신이 맡고 있는 분야나 자신의 일터에 필요한 영역에서 대체 불가능한 탁월한 존재가 돼야 한다. 상사와의 관계 친밀도 역시 마찬가지다. 어중간하게 좋은 관계만으로는 살아남기 어렵다.

입사 동기가 100명이라면 1명 정도만 임원이 된다는 게 현실이다. 그렇다면 부장은 몇 명이나 될까? 10~20명 내외이지 않을까? 부장이 되지 못하거나 임원이 되지 못한 이들의 직장 생활을 행복하다고 할 수 있을까?

어중간한 위치에 있는 사람들이 절대 간과해서는 안 될 메시지라 할 수 있다. 그들에게 필요한 것은 상위 10~20% 정도로 어설프게 잘하는 게 아니다. 언제나 최상위 1% 이내에 들 수 있어야 한다.

직장인들만 그래야 하는 게 아니다. 축구, 야구 등의 운동이나 음악, 미술, 연예 분야 역시 마찬가지다. 그 분야들 중 축구를 예로 들어 보자. 차범근, 박지성, 손흥민처럼은 못 미치더라도 0.1% 이내의 독보적인 수준에 들어야 한다. 왜? 그 정도는 돼야 돈으로부터 자유로울 수 있을 정도로 통장을 채울 수 있기 때문이다.

부모들 대부분은 자녀에게 운동, 예술, 예능 분야보다 공부를 하라고 권한다. 2가지 이유가 있다. 하나는 공부가 이들 분야보다 행복해지기 위한 선택 대안이 많다는 것이다. 다른 하나는? 탁월한 존재가 되기 위한 문이 상대적으로 넓은 편이기 때문이다.

자영업을 경영하고 있거나 창업을 준비 중인 사람들도 마찬가지다. "이 정도면 되지 않을까?"라는 어설픈 각오와 준비만으로는 살아남기 어렵다. 행복 역으로 가는 길은 단 하나다. 그 길을 가기 위한 첫 번째 조건이 성공하는 것이다. 성공하려면 압도적으로 잘해야 한다. 그 누구, 그 무엇과도 대체 불가능한 탁월한 존재가 돼야 한다.

취업을 예로 들어 보자. 일자리를 놓고서 지금까지 경쟁의 양상은 주로 사람들 간의 문제였다. 특정 분야에 대한 지식과 경험, 태도 등에서 내가 다른 사람보다 낫다는 평가를 받으면 이길 수 있었다.

그러나 지금은 물론, 시간이 갈수록 더 힘들어질 것이다. 질 좋은 일자리 자체가 부족한데다, 온라인과 인공지능 등 과 같은 제3, 제4의 경쟁 상대와도 일자리를 다퉈야 하기 때문이다.

이런 악조건에서 취업에 성공하기 위해서는, 명퇴로 내몰리지 않으려면 나만의 필살기가 있어야 하지 않을까? 다른 사람으로 대체 불가능한 독보적인 필살기 말이다.

"공부든, 스펙이든, 운동이든, 노래든 탁월하게 잘해야 한다."

이 같은 주장에 공감하는 사람들도 많다. 잘나가는 걸 그룹 멤버들을 보면 공부도 잘하고 노래와 춤은 물론, 예쁘기까지 하더라면서.

뭐, 틀린 말은 아니다. 그러나 모든 사람이 걸 그룹 멤버들처럼 다 잘 해야 한다는 관점은 무리가 있다. 그런 사람은 1%, 아니 0.1%도 안될 것이기 때문이다. 인류 최고의 천재로 불렸던 아인슈타인도 수학과 물리를 제외한 과목에서는 낙제 수준이었잖은가.

예나 지금이나 탁월한 사람은 언제나 살아남았다. 그러니 만 가지 기술을 익히려 하지 마라. 한 가지 기술을 만 번 익히는 사람이 결국 이긴다. 제3의 경쟁자든, 제4의 경쟁자든, 그 누구든.

모든 과목을 어설프게 잘하는 사람보다 수학 한 과목을 탁월하게 잘하는 사람의 성공 확률이 높은 시대가 오고 있다. 이제 화장실 청소를 하든, 복사를 하든, 무엇을 하든 어설프게 잘해선 안 된다. 범위를 더 좁혀서라도 그 일에 탁월해져야 한다. 어떻게 그런 존재가 될 수 있을까? 그 누구, 그 무엇과도 대체 불가능한 필살기를 가져야 한다.

요리 분야에는 필살기가 많은 편이다. 김밥을 기막히게 맛있게 마는 비법, 끝내 주게 맛있는 떡볶이 레시피, 경쟁자가 도저히 따라 하기 힘든 설렁탕 국물 맛 등. 물론 용접, 보일러 시공, 최신형 모델 자동차 수리 등 고유 기술과 관련된 필살기도 많다. 피아노, 바이올린, 그림 등의 예술 분야나 예능, 스포츠 분야도 마찬가지다.

중요한 건 탁월해지기 위한 노력들이 많이 어렵다는 것이다. 어떻게 하면 탁월한 존재가 될 수 있을까? 다음 주제로 다룰 예정인 3가지 솔루션이 대안이 될 수 있다.

"라면 맛 하나는 끝내 줘"
"걱정 마, 멘토에게 물어보면 돼! "
"헤드 업 증후군이 뭐길래"

라면 맛 하나는 끝내 줘

| 전국구로 탁월한 사람, 지역구에서 탁월한 사람 |

"독보적이라는 명성을 날리는 탁월한 사람 되기!"

말처럼 쉽지 않은 미션이다. 특히 우리나라 전체를 통틀어서 탁월한 사람이 되는 것은 매우 어렵다. 그래도 대안은 있다. 전국이 아니라 특정 지역이나 세부적인 영역내에서 탁월한 사람이 되는 것이다.

예를 들면 김밥, 설렁탕 등과 같은 먹는 것을 들 수 있다. 이 것들은 전국이 아니라 방배 시장, 신도림 역 등 소규모 상권 내에서 탁월한 맛, 탁월한 곳으로 인정받기만 해도 성공할 수 있다. 내 통장을 돈으로 가득 채울 수 있을 정도의 돈을 벌 수 있기 때문이다. 통장 잔고를 볼 때마다 채움의 밀도가 팍팍 높아질 정도로.

"사장님, 제발 부탁입니다. 저희 백화점에 입점해주십시오.
원하시는 조건 다 들어드리겠습니다."

국내 유명 백화점 A사의 의정부점 개점 시 유명 외식 브랜드 입점을
담당했던 김민식(가명) 팀장의 하소연이다. 놀라운 사실은 그날이 그가
처음 거절당한 뒤, 6개월 동안 7번째 방문하는 날이었다는 것이다. 도
대체 그 음식점은 어떤 곳이고 어떤 명성을 얻었길래 절대 갑인 백화점
의 팀장을 칠고초려하게 만들었을까?

서울 용산구에 있는 발재반점이란 중국음식점이다. 그렇다면 발재반점
은 자장면, 짬뽕, 탕수육, 팔보채 등 중국요리의 모든 영역에서 명성을
얻었을까? 그런 편이다. 그러나 얼음 꽃 모양의 빙화 만두의 명성에는
대부분 미치지 못한다. 빙화 만두의 맛이 탁월하다는 명성을 얻은 덕분
에 을의 지위에서 절대 갑의 지위에 오를 수 있었던 것이다.

방법은 하나다. 대영 역이 아니라 세분화된 소영 역에서 탁월한 사람,
탁월한 존재가 되는 것이다. 분식집의 예를 들어 보자. 김밥, 떡볶이,
순대도 맛있시만 이 집의 "라면 맛 하나는 끝내 줘"란 식의 평판을 얻
는 게 중요하다.

은행이나 증권사 등 금융권 PB(Private Banker)의 예를 들어 보자.
그들의 미션은 부유층 고객의 자산관리와 투자에 관한 토탈 솔루션을

제공하는 것이다. 그들이 제대로 된 솔루션을 고객에 주려면 금융은 물론, 부동산, 절세, 금이나 석유와 같은 실물 투자에도 정통해야 한다.

　그러나 위 모든 분야에서 대체 불가능한 탁월한 존재가 된다는 것은 거의 불가능하다. 대안은 세분화된 영역에서, 즉 소영 역에서 탁월한 존재가 되는 것이다. 예를 들면, 부동산, 채권, 파생상품, 금 투자 등의 영역 중 한 가지 분야에서 탁월한 존재가 된 다음, 그 영역을 넓혀가는 게 방법이 될 수 있다.

지역구와 소영 역에서 탁월한 존재가 되는 것이 조금 수월하다는 걸 모르는 사람은 없다. 그러나 안타까운 건, 이 2개의 영역 중에서도 탁월한 경지에 오른 사람이 많지 않다는 것이다. 왜 그런 걸까? 다음과 같은 이유가 있다.

첫째, 아예 그런 꿈과 목표가 없다
둘째, 꿈꾸기만 할 뿐 실행하지 않는다
셋째, 잘하는 정도를 탁월한 수준이 됐다고 착각한다
넷째, 탁월함과는 거리가 먼 길로 가면서 헤맨다
다섯 째, 열심히 실행하는데도 안 된다.

첫째와 둘째 이유는 본인이 바뀌지 않는 한 대안이 없다. 셋째와 넷째의 이유는 대안이 있다. 멘토의 도움을 받는 것이다. 다음 주제, "걱정마, 멘토에게 물어보면 돼!"를 참조하시기 바란다.
다섯 째 이유로 고전하는 경우의 대안이 어렵다. 해당 영역과 관련한 재능이 부족하거나 나쁜 습관이나 실수가 반복되기 때문이다. 전자의 경우는 자신이 잘하거나 잘할 가능성이 있는 영역으로 바꾸는 게 좋다. 후자의 경우는 그 습관을 고쳐야 한다.

행복도 불행도 습관에서 비롯된다. 이번 장의 11번째 주제, "헤드 업 증후군이 뭐길래"를 참조하시기 바란다.

걱정 마, 멘토에게 물어 보면 돼!

 잘하는 일에 몰입해 10년여 동안 죽어라 노력하면 "탁월한 존재"가 될 수 있을까? 그렇지 못한 사람이 더 많다. 축구 선수의 예를 들어 보자. 축구를 잘하는 재능으로 축구 선수가 된 사람들 거의 모두는 국가대표가 되고 차범근, 박지성, 손흥민 같은 탁월한 선수가 되길 꿈꾼다. 초등학생 때부터 정말 열심히 노력한다.

 그래도 그 경지에 오르는 사람은 적다. 이처럼 아무리 노력해도 탁월한 경지에 오르지 못하는 사람은 어떻게 해야 할까? 틀림없는 성공의 징후라 판단해 투자도 하고 창업도 했는데 그때마다 실패했다는 사람은 어떻게 해야 할까?

 시간이 흐를수록 적자 폭이 커지는 데도 미련을 버리지 못하는 사람은 어떤 선택을 해야 할까? 멘토에게 도움을 요청하는 것이 좋다. 외식업계 스타 CEO로 명성을 날리고 있는 백종원씨에게 도움을 요청한 어느 청년의 예처럼.

< 백 씨가 요식업 입문 초기에 쌈밥집을 운영할 때다. 장사가 잘 되자 고객들이 많이 찾아 왔다. 그 고객 중에 한 청년이 있었다. 그는 매일 찾아와 쌈밥집 분점을 내고 싶다며 도움을 요청했다. 당시 가맹점 사업을 하겠다는 계획이 전혀 없었던 백 사장은 완곡하게 거절의

뜻을 밝혔다.

그러나 그 청년은 포기하지 않았다. 계속 찾아 왔다. 결국 백 사장의 마음이 움직였다. 저 정도 열정이면 장사도 틀림없이 잘 할 거라 판단했다. 예상대로 청년이 창업한 쌈밥집 분점은 장사가 아주 잘됐다. >

당신의 시야만으로는 그 길이 행복 역으로 가는 길인지 알지 못할 때가 대부분일 수 있다. 그런 상황이라면 멘토의 안목과 통찰력, 노하우, 지혜를 빌리는 게 방법이다. 코로나 같은 위기 상황이 깜깜이 터널처럼 다가와 한 치 앞도 안 보일 때는 더욱 그러는 게 좋다. 다음과 같은 말을 상기하면서.

"남들에 비해 별다른 능력도 없는 내가 성공할 수 있었던 비결은 사실 단순하다. 성공한 사람들의 어깨 위에 올라 타, 내가 읽지 못하는 성공 징후, 대박 아이디어를 그들을 통해 읽을 수 있었다는 것이다."

필자들이 공동 집필한 책, "노력의 분노"에 '멘토의 어깨 위에 올라타라'는 내용이 있다. 요약해 올려 본다. 은행에 다니다 그만두고서 가죽 원단 수입, 판매 업체를 창업한 정영준(가명, 59세) 씨 사례다. 정 씨는 창업 3년여 만에 IMF 외환위기(1998년)를 민나 부도의 위기에 내몰렸다. 자포자기의 심정으로 하루하루를 보내던 중, 인도에서 보낸 소가죽 원단 샘플이 도착했다. 그러나 잘 팔릴지, 어떨지 그 징후를 전혀 읽을 수 없었다. 갈까, 말까 고민하다 가죽 업계의 고수를 찾아가 자문을 구했다. 결국 그 고수, 즉 멘토의 도움을 받아 대박을 터뜨렸다는 사례다.

물론 이 경우에도 다음의 두 가지가 중요하다. 하나는 도움을 요청할 그 멘토가 그 분야의 성공과 실패의 징후를 읽는 혜안을 가진 진정한 고수여야 한다는 것이다. 부모가 됐든, 전문가가 됐든, 배우자가 됐든, 형제가 됐든, 친구가 됐든. 다른 하나는 평소에 좋은 관계를 맺어 놓아야 한다는 것이다.

이처럼 멘토에게 도움을 청하면 전혀 보이지 않던 것들을 볼 수 있다. 내 인생의 깜깜이 터널의 끝이 어디쯤인지, 어떤 분야에서 어떻게 노력해야 탁월한 존재가 될 수 있을 것인지, 언제쯤 다른 사람들 눈에도 탁월한 존재로 보일 것인지 등등.

멘토는 어떻게 볼 수 있을까? 그는 당신의 깜깜이 눈으로 전혀 보이지 않는 어둠 속 세계를 볼 수 있는 적외선 망원경이라 할 지혜와 통찰력을 갖고 있기 때문이다.

어떤 이들은 다음과 같은 하소연을 한다. "다 좋아요. 그런데 그런 멘토를 어떻게 만나죠?" 그렇게 소극적이어서는 안 된다. 멘토는 토정비결에서 말하는 귀인처럼 우연히 만날 수 있는 게 아니다. 만드는 것이다.

쌈밥집 분점을 창업한 청년이 백종원 씨를 자신의 멘토로 만든 것처럼. 그러니 부지런히 찾아야 한다. 삼고초려로 안 된다면 십고초려를 해서라도.

요식업이나 정육점 등 매장을 통한 비즈니스는 그런 멘토를 찾는 게 그다지 어렵지 않다. 그러나 주식이나 부동산 등의 경우는 진정한 고수를 멘토로 만든다는 게 어렵다. 어떻게 하면 좋을까? 평범한 직장인이지만 알부자로 소문난 김명석(가명, 남, 48세) 씨처럼 하는 것도 방법이다.

< 김 씨의 나이가 삼십 대 중반, 결혼한 지 3년이 지나던 시절의 이야기다. 우연히 자신이 신혼살림을 차린 바로 옆집에 부자가 살고 있었다. 어떻게 하면 옆집 부자와 친해질까 궁리를 했다. 그러나 쉽지 않았다. 그 부자를 찾아가 친해지고 싶다고 말할 수도 없는 노릇이라서.

그러던 어느 일요일 아침, 등산을 갈려고 집을 나섰다. 마침 옆집에 사는 부자도 등산을 간다는 사실을 알았다. 김 씨는 그날부터 아예 그 부자 뒤를 따라 등산을 하기 시작했다. 우연을 가장한 계획된 접근이었다. 어쨌든 두 사람은 산에서 자주 얼굴을 마주치게 됐고, 얼마 지나지 않아 제법 친해질 수 있었다.

친한 사이가 되다 보니 산을 오르내리면서 많은 얘기를 나눌 수 있었다. 자연스럽게 옆집 부자로부터 돈 벌고 투자하는데 도움이 되는 정보를 듣게 되는 기회가 많아졌다. 듣기만 한 게 아니었다. 좋은 정보가 있으면 알려 달라고 요청했다. 물론 옆집 부자의 일거수일투족을 따라 하기 위해 많은 노력도 기울였다.

이렇게 십여 년이 지나자 어느 새 자신도 주변 사람들로부터 알부자란 소리를 들을 정도가 됐다. >

많은 사람들이 중요한 선택을 앞두고 역학인들을 찾는다. 어떤 사람들이, 무슨 목적으로 그들을 찾을까? 일반인들은 물론, 정치인, 연예인, 기업 오너, 개인 사업가 등 다양한 사람들이 찾는다.

그들을 찾는 목적은 비슷하다. 미래에 대한 선택에 관한 것이다. 이번 선거에 나가면 되겠느냐, 내년에 신곡을 발표할 건데 어떨 것 같으냐, A라는 기업을 인수하려는데 어떻겠느냐, 아들이 의대에 지원했는데 합격할 것 같으냐, 남편이 병원을 개원하려는데 잘 될 것 같으냐 등등.

김은영(가명, 43세) 씨도 청담동 O선생이란 역학인의 말을 듣고서 큰 도움을 받았다. 다음의 경우처럼.

< 2019년 8월 초, 김 씨는 남편의 이비인후과 병원 개원 후보지로 서대문구에 있는 A 마트 1층으로 마음을 굳혔다. 남편의 개원에 대한 의지가 워낙 강했기 때문이다. 그러나 구두로만 계약하겠다는 의사를 전달했다.

"어디서 개원하든 그 시기는 2019년 이후가 좋다. 기왕이면 2021년 6월 이후가 좋다. 그래도 남편이 2019년 내에 개원하고 싶다면 계약은 10월 중순 이후에 하는 게 좋다"는 O선생의 조언을 따르기 위해서였다.

그 사이 전혀 예상치 못한 변수가 발생했다. A 마트와 같은 건물에 있는 A 몰에서 이비인후과와 소아과 입점 공고를 낸 것이다. 법인은 다르지만 A 마트와 A 몰은 같은 A 그룹 계열사이다. 그런데 같은 건

물 내에 경쟁 병원이 입점하면 어떨까? 예상 고객의 절반 정도는 이탈할 것이다. 그렇다고 비싼 임대료는 깎아줄 수 없다고 했다.

예상 고객 수 별로 비용과 수익을 산출해 보니 모두 적자가 났다. 미련 없이 취소할 수 있었다. >

 만약, O선생의 조언을 무시해 버렸다면 어땠을까? 괴로운 선택을 하기 위해 끙끙 앓았을 것이다. 계약금(4,000만 원)을 포기하고 해약할 것이냐, 수익이 나기 어려운 줄 알면서 개업을 강행할 것이냐는 선택 대안을 놓고서.

 그 뒤, 더욱 고마워해야 할 일이 생겼다. 코로나 감염 위험이 높지 않던 2020년 1월 중순의 일이다. 김 씨가 다시 O선생에게 조언을 구했다. "개원 후보지로 정말 좋아 보이는 건물이 있는데 계약해도 좋을까요?"라는 선택 대안이었다.

 O선생은 일언지하로 '노' 했다. 그러면서 개원은 2021년 6월 10일 이후가 좋다고 말했다. 이번에도 김 씨는 O선생의 조언을 받아들였다. 그 이후는 설명하지 않아도 될 것이다. 이 같은 김 씨의 두 번에 걸친 신의한 수급 선택으로 남편은 팥으로 메주를 쓴대도 믿을 정도가 됐다.

 한 가지 통계를 소개한다. 소아과, 이비인후과 등 대부분의 개인 병원의 2020년 상반기 매출은 2019년 상반기에 비해 평균 50% 정도 줄었다. 만약, 김 씨 남편이 2019년 8월에 계약하고 10월 초에 개원했다면 어땠을까? 아마도 한숨만 푹푹 쉬고 있지 않을까?

O선생 같은 이들을 멘토라 생각하는 이들도 있고, 그렇게 생각하지 않는 사람도 있다. 사람마다 관점이 다르므로 누구의 생각이 옳다고 할 수는 없다. 다만, 중요한 선택을 앞두고 조언을 구한다면 멘토라 할 수 있지 않을까?

탁월한 존재가 되기 위해 절실하게 노력했는데도 잘 안되는 사람들은 멘토의 도움을 꼭 받으시기 바란다. 여기서 Tip 하나, 그 멘토가 해당 분야에 정통해야 한다. Tip 둘, 반드시 먼저 멘토에 도움을 요청하는 것이 중요하다. 그리하면 어디서 무슨 일을 하든, 탁월한 존재가 되는 데 소요될 시간과 거리를 대폭 앞당길 수 있을 것이다.

헤드 업 증후군이 뭐길래

얼마 전, 자주 만나는 필자(김승회)의 친구가 이런 말을 했다.

> "승회야, 좀 쑥스러운 얘기지만 나이 예순이 넘어서 깨달음
> 을 얻었다. 세상만사 몰라서 못하는 것은 없더라. 다 아는데
> 단지, 실행을 하지 않아서 못하고, 안 되는 것일 뿐이더라."

맞는 말이다. 그러나 그들도 문제지만 다음과 같은 이들이 더 문제다.
"죽어라 열심히 실행하는데도 원하는 수준에 도달하지 못하고 있다."는
사람들 말이다. 그들은 왜 원하는 수준에 도달하지 못하는 것일까? 재
능과 노력의 밀도 차이 등 저마다 각양각색의 이유가 있다. 공통적인
이유는 뭘까? '헤드 업 증후군', 즉 나쁜 습관이다.

야구 선수의 예를 들어 보자. 잘 치는 타자가 되려면 투수가 던진 공
을 끝까지 보면서 배트를 휘둘러야 한다. 그런데 어떤 타자는 공을 끝
까지 보는 대신 머리가 먼저 돌아가 버린다. 헤드 업 상태가 돼버린 것
이다. 이런 상태에서는 투수의 공을 정확하게 맞추기가 어렵다.

이 같은 헤드 업은 야구뿐 아니라 골프, 당구, 탁구, 테니스, 배드민
턴 등 거의 모든 스포츠 종목에서 공통적으로 볼 수 있는 현상이다.

중요한 건 헤드 업 증후군은 고치려 해도 쉽게 고쳐지지 않는다는 것

이다. 타자가 타석에 들어서기 전 "이번 타석에서는 절대 헤드 업하지 말아야지"라고 다짐하지만 막상 타석에 들어가서는 언제 그랬냐는 듯 머리가 먼저 돌아가 버리는 것처럼. 그렇게 자신에게 다짐했는데도 왜 그런 것일까?

이런 관점에서 '헤드 업 증후군'에 대한 정의를 내리면 다음과 같다. "인간의 행동 중에서 좋지 않은 결과를 도출하는 반복적인 나쁜 습관" '헤드 업 증후군'의 정의를 압축해 보면, "반복적인 나쁜 습관" 이 된다. 문제는 헤드 업 증후군이 스포츠 분야뿐 아니라 모든 인간관계에도 존재한다는 것이다. 예를 들어 보자.

"직장인 스트레스의 99%는 상사 탓이다"라는 말에 공감하는 이들이 많다. 이런 상황을 상사들은 모르고 있을까? 모두 알고 있다. 그런 이들 중 일부는 매일 아침 출근 시마다 "오늘은 목소리 높이지 말아야지, 화내지 말고 욕도 하지 말아야지.."와 같이 부하 직원들에 스트레스 주는 언행을 하지 않겠다는 다짐을 하곤 한다.

그러나 사무실에 출근해서는 언제 그랬냐는 듯, 나쁜 습관인 상사 질을 부하직원들에게 퍼붓는다.

문제는 상사와 부하 직원 관계에만 헤드 업 증후군이 존재하는 게 아니라는 거다. 부부간의 지나친 간섭과 잔소리 질, 부모와 자식 간의 꼰대질, 친구나 커뮤니티 내 동료 간의 자랑 질과 비아냥거림 질, 돈과 권력을 가진 사람과 그렇지 못한 사람 간의 갑 질과 을 질 등에도 존재한다.

몸이 저절로 반응할 때까지

 스포츠 분야는 물론, 모든 분야에서 탁월한 존재가 되고, 통장을 돈으로 채우고, 두 번째 꿈을 이루는데 최대 걸림돌은 헤드 업 증후군이다. 반복적인 나쁜 습관을 고치지 못하는 사람은 탁월한 경지에 오르기 어렵다. 헤드 업 증후군이 탁월함과 평범함의 분기점이기 때문이다.

 문제는 헤드 업 증후군이 쉽게 고쳐지지 않는다는 것이다. 헤드 업 증후군을 고치려면 어떻게 해야 할까? 몸이 익힐 때까지 노력해야 한다. 야구나 골퍼 등 스포츠 분야의 경우를 예로 들어 보자. 선수들마다 타고난 재능이 다르므로 그 수준까지 도달하는 시간과 노력은 다를 수 있다.

 어떤 선수는 하루 1,000회 정도의 슈팅 연습만으로도 손흥민처럼 월드 클래스가 될 수 있다. 반면, 어떤 선수는 하루 1,000회가 넘는 슈팅 연습을 해야 한다. 그래야 반복되는 나쁜 습관, 즉 헤드 업 증후군을 고칠 수 있다. 그렇다면 언제까지 해야 할까? 자기 몸이 익혀서 저절로 반응할 수 있을 때 까지다. 알레르기 반응처럼.

 알레르기 비염이 있는 사람들은 봄 철 꽃가루가 날릴 때면 꼭 비염을 앓는다. 몸이 익혔다가 본인 의지와 관계없이 저절로 반응하기 때문이다.

 필자(이성동)의 남동생은 새우 알레르기가 있다. 30대 초반에 새우 매운탕을 먹다 체해서 구토와 설사를 한 적이 있었다. 그날로부터 3년이 지난 어느 날, 이제는 괜찮겠지 하며 새우를 먹었는데 또다시 탈이 났다. 그 뒤부터 새우만 먹으면 여지없이 설사를 한다. 자신은 새까맣게 잊어버렸지만 몸은 잊지 않고 반응하는 셈이다.

헤드 업 증후군을 고치려면 이렇듯, 몸 안에 새우가 들어오면 바로 반응할 정도로 몸이 익혀야 한다. 그리되면 야구 타자나 골퍼의 헤드 업도, 상처를 주는 나쁜 말투도, 몸과 마음을 망가뜨리는 나쁜 습관도 틀림없이 고칠 수 있다. 인간 행동의 40%는 뇌의 명령에 의해서가 아니라 반복 습관의 산물이라 하지 않던가.

화가 난다며 직원이나 배우자 등 가까운 사람에게 막말해대는 사람, 스트레스와 상처 주는 사람들 역시 마찬가지다. '헤드 업 증후군'을 고치기 위해서는 몸과 마음의 근육을 단련하는 것 정도로는 부족하다. 뇌의 명령이 아니라, 모든 몸과 마음의 근육이 자동으로 반응할 수 있는 상태로 만들어야 한다. 마치 인공지능 로봇처럼.

누구나 인생에 세 번의 큰 기회가 온다는 말이 있다. 그러나 헤드 업 증후군을 고치지 못하면 그 기회를 잡기 어렵다. 몸도 마음도 생각처럼 반응하지 못하기 때문이다. 아니, 기회를 잡기는커녕, 오히려 위기에 잡혀버리는 신세가 될 가능성이 높다. 탁월한 존재가 되느냐, 평범한 존재가 되느냐의 분기점에서 후자의 길을 갈 수밖에 없기 때문이다.

4장

일상에서😆
행복을 찾는 사람들

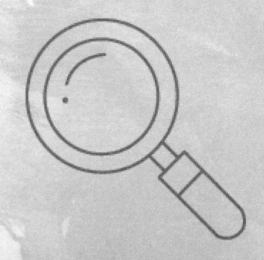

일상에서 행복을 찾는 사람들 유형 5가지

　모든 사람이 행복하게 살기를 원한다. 그들의 공통점이 있다. 행복은 무지개가 걸 터 앉은 산 너머 어딘가에 있다고 생각한다는 것이다. 많은 사람들이 그 행복을 찾기 위해 무지개로 향한다. 중요한 사실은 많은 사람들이 그 길을 몰라 헤메고 있다는 것이다.

　왜 헤매는 것일까? 행복은 그렇게 멀리 있는 게 아니기 때문이다. 매일 무심코 지나치는 구불구불한 길에 있고 언덕에도 있다. 무지개가 걸 터 앉은 그 산 너머에 사는 낯선 얼굴들이 아니라 매일 만나게 되는 낯익은 얼굴들에 있다. 이처럼 행복은 무지개 산 너머의 낯선 일상보다 내가 매일매일 맞닥뜨리는 낯익은 일상에 있다.

　이번 주제는 매일 반복하는 자신의 일에서 행복을 찾는 사람들의 이야기이다. 생각과 말이 아니라, 다음과 같은 행동과 관련한 행복 이야기이자 솔루션이다.

「일상에서 행복을 찾는 사람들 유형 5가지」

　　1 | 행복을 주는 사람들

　　2 | 행복을 파는 사람들

　　3 | 행복을 먹는 사람들

　　4 | 행복을 나누는 사람들

　　5 | 행복을 같이 함께 하는 사람들

행복에 대해 연구하는 전문가들이 공통적으로 주장하는 메시지가 있다. 나를 행복하게 만드는 것보다 타인을 즐겁고 행복하게 만들었을 때의 행복감이 훨씬 더 크다는 것이다. 속초에서 해물칼국수 식당을 운영하고 있는 정영선(가명, 55세) 씨가 그런 이들 중 한 명이다.

< 정 씨는 하루하루 사는 게 즐겁고 행복하다. 몸과 마음이 편안해서 그런 게 아니다. 하루 평균 수면 시간이 3~4시간 밖에 안 될 정도이다. 새벽 4시에 식당에 도착해 밤 10시까지 장사를 하다 보니 어쩔 수 없다.

잠자는 시간이 부족하다 보니 심신이 피곤할 수밖에 없다. 그러나 정 씨에게는 피로가 발붙일 틈조차 없다. 식당에 도착해서 그날 장사 준비를 하면서부터 피로가 싹 사라진다. 식재료를 손질할 때마다 고객들이 맛있게 먹던 모습, 먹고 난 후의 행복한 표정들이 떠오르기 때문이다.

정 씨는 자신을 식당 주인이나 맛있는 해물칼국수 요리사라 부르지 않는다. 행복을 주는 사람이라 부른다. 그런 정 씨는 고민할 게 없어 보인다. 그러나 정 씨에게도 고민거리가 하나 있다.

"오늘보다 내일, 어떻게 하면 해물칼국수를 0.1%라도 더 맛있게 만들 것이냐!"는 것이다. 어떻게 해야 고객의 행복의 밀도를 0.1 포인트라도 높일 수 있을지와 관련한 행복한 고민인 셈이다. >

어디서 무슨 일을 하든 피해 갈 수 없는 게 바로 경쟁이다. 그 경쟁에서 이기는 최고의 방법은 행복을 주는 사람이 되는 것이다. 누구의 무엇을 위해? 고객과 상사의 성공을 위해, 행복을 위해. 아니, 내 일상에 꼭꼭 숨어 있을 행복솔루션을 찾기 위해 정 씨와 같은 마인드로 임한다면 어떤 분야에서 무슨 일을 하든 성공과 행복이란 두 마리 토끼를 다 품을 수 있지 않을까?

은행, 증권, 보험 등 금융 영업인 중에는 고객을 즐겁게 하고, 행복하게 만들려고 노력하는 이들이 많다. 그들 중 대표적인 이가 2000년대 중후 반, 시티은행 지점장이었던 송창민 씨다.

모든 금융 영업인들이 자신이 추구하는 가치는 고객을 행복하게 만드는 것이라고 말한다. 자기네 회사에도 송 지점장과 같은, 아니 능가하는 이들도 많다는 점을 강조하기도 한다.

그럴 것이다. 그러나 필자들의 생각은 좀 다르다. 이 책을 집필 중인 이 시간까지도 고객을 행복하게 만들겠다는 송 지점장의 마인드와 컨셉을 전략적으로 능가하는 이를 찾지 못했기 때문이다.

송 지점장은 2003년 5월 1일, 당시 약관 31세의 나이에 지점장 발령을 받은 파격적인 인사의 주인공이다. 은행 지점장이라는 자리는 보통 입사 후 15~20년쯤 돼야 하고 마케팅 능력이 입증돼야 오르는 자리이다. 그런데 송 지점장은 입사한 지 6년 4개월 밖에 안된 차장 시절에 지점장 발령을 받았다.

이런 인사 발령은 도기권 이란 분이 1986년 만 29세에 씨티은행 지점장으로 발탁된 후, 두 번째로 파격적인 것이었다. 송 지점장이 이렇게 파격적인 인사 발령을 받을 수 있었던 배경은 무얼까? 그의 탁월한 세일즈 능력을 높이 샀기 때문이다.

송 지점장은 지점장 발령 직전, 본점에 근무하면서 소비자 금융 부문 아시아·태평양 1위, 기업 금융 부문 세계 3위의 성과를 올렸다.

송 지점장이 탁월한 성과를 올릴 수 있었던 비결은 무엇이었을까? 고객을 진정으로 즐겁고 행복하게 해주기 위해서 노력했다는 것이다. 다음과 같은 비전과 전략적 목표를 갖고서.

"내 모든 마케팅의 컨셉은 고객의 삶을 즐겁고 행복하게 하는 것이다!"

그 외에도 고객에 상품이나 서비스가 아니라 행복을 판다는 컨셉으로 일하는 이들이 많다. 그중 대표적인 이가 리빙 플라자(구 삼성전자 국내 대리점) 서부지역 본부장을 지낸 최병우(가명, 당시 55세) 본부장이다.

그가 본부 내 영업인들에 던진 화두 역시 고객 행복이다. 소비자를 말하는 2차 고객도 중요하지만, 먼저 1차 고객인 리빙 플라자 판매점 대표자들부터 돈을 많이 벌어 행복하게 만들어야 한다는 것이다. 다음과 같은 말을 반복하면서.

> "모든 대표자들이 영업 목표를 달성했다고 해도, 그들 모두가 행복한 건 아니다. 그러나, 모든 대표자들이 행복하다면, 영업 목표는 언제나 달성될 것이다. 행복한 목표 달성이 될 수 있는 마케팅을 생각해 내고 '즉 실천' 하자!!!"

보험이나 자동차를 팔든, 생필품을 팔든, 펀드를 팔든 마찬가지다. 무엇을 팔든, 이제부터는 행복을 파는 사람으로 거듭나시라. 그리하면 행복이 당신 곁을 절대 떠나지 않도록 만들 수 있을 것이다.

일상에서 행복을 주고 파는 사람들의 행복론은 고객이나 상대를 행복하게 만들어야 결국, 자신도 행복해진다는 것이다. 행복을 먹는 사람들은 어떨까? 그들의 행복론은 정반대이다. 내가 행복해지면 나와 가까운 사람들도 행복해진다는 것이다. 그들이 즐겨 쓰는 접미사가 있다. 바로, "~~ 먹었다."란 것이다.

우리는 인간의 길흉화복조차 입으로 먹는다고 말한다. 예를 들어 보자. 흉과 화를 표현하는 대표적인 말이 바로 "나 오늘 회사에서 욕먹었다"는 말이다. "이번 승진 인사에서 또 물먹었다", "오늘 세 골이나 먹었다"는 말도 비슷한 표현이다.

길과 복을 표현할 때도 먹는다는 표현이 많다. 1970년 대에 복싱이 국내 최고 인기 스포츠가 되는 테이프를 끊은 전 세계 챔피언 홍수환 선수의 표현이 대표적이다.

홍 선수는 1974년 남아공 더반에서 열린 WBA(세계복싱협회) 밴텀급 타이틀 매치에서 승리한 후, 서울의 어머니와 전화 통화를 한다. 그때 홍 선수는 "엄마, 나 챔피언 먹었어!"라는 멘트를 날렸다.
이 외에도 "엄마, 나 1등 먹었어", "나, 금메달 먹었다" 등 정상에 올랐다는 행복감을 표현하는 의미로 많이 쓰이고 있다.

일상에서 행복을 주는 사람, 파는 사람들의 공통점은 무얼까? 마음을 비우고 내려놨다는 것일까? 아니다. 자신의 일상이 된 분야에서 무엇을 이루겠다는 명확한 꿈과 목표를 가졌다는 것이다.

 앞서 소개했던 정영선 씨의 예를 들어 보자. 정 씨의 꿈은 "맛으로 고객을 행복하게 만드는 해물칼국수 집!", 목표는 "오늘 보다 내일은 0.1% 더 맛있게!" 정도이지 않을까? 꿈과 행복의 상관관계에 대해서는 3장, "죽어라 노력해도 채워지지 않는다면"을 참조하시기 바란다.

 행복을 먹는 사람들 역시 마찬가지다. 올림픽 금메달, 반에서 1등, 세계 챔피언 등과 같은 자신의 일상과 관련한 꿈과 목표가 있어야 한다. 그 다음엔? 그 분야에서 탁월한 존재가 되는 것이다.

 왜냐고? 지금은 올림픽 챔피언이 되는 것처럼 탁월해야 만 살아남는 세상이 왔기 때문이다.

뿌듯함과 보람을 느낄 일들은 많다. 대표적인 예는 얼굴 없는 천사와 얼굴 있는 기부 천사들이다.

2021년 1월 13일, 온 국민이 코로나로 고통받고, 정인이 죽음 앞에 분노하던 그때! 또 한 명의 얼굴 없는 천사가 우리 앞에 나타났다. 그는 3억 7천만 원이나 되는 돈을 전북 임실군에 기부하면서 다음과 같은 2가지만을 부탁했다. 첫째, 자신의 신분이 알려지지 않게 해달라는 것, 둘째는 꼭 필요한 아이들을 위해 정확하게 써달라는 것이었다.

우리에게 많이 알려진 얼굴 없는 천사의 원조는 아마도 의적 홍길동이지 않을까? "왼손이 한 일을 오른손이 모르게 하라"는 성경 말씀처럼 작든, 크든 아무도 모르게 행복을 나눈 사람들이 이미 오래전부터 존재해 왔다는 뜻이다. 그래도 가장 먼저 떠오르는 분을 꼽으라면 아마도 "노송동의 얼굴 없는 천사"가 아닐까?

그 천사는 2000년부터 21년간 전주시 노송동 주민센터에 기부를 해온 분이다. 매년 크리스마스와 연말연시 전후에 수천만~1억 원 내외의 성금을 몰래 놓고 간다. 2020년까지 7억 3863만 3150원을 기부했다. 물론, 그분 역시 이름과 나이, 직업 등 자신의 신분을 일체 밝히지 않는다.

자신의 직업 특성상 "얼굴 있는 기부 천사"로 행복을 나누는 이들도 많다. 주로 연예인과 스포츠 스타, 기업인들에 많은 편이다. 연예인 예를 들어 보자. 연예인들 중에 기부에 나선 이들은 셀 수 없이 많다. 물론 기부 금액의 크기가 행복을 나누는 것과 일치하지는 않는다. 하지만 모두를 소개할 수는 없으므로 금액 기준으로 상위 5명을 소개한다.

김장훈, 장나라, 조용필, 션과 정혜영 부부, 김제동 등이다. 그들이 행복을 나눈 기부 액수는 약 40억 원 ~ 200억 원 이상이라 한다. 그들은 그들만의 기부 철학이 있다. 비움과 채움이다.

가수 김장훈 씨는 "전셋집에 살면서 200억 넘게 기부한 연예인 기부왕"이다. 그뿐만이 아니다. 그는 봉사활동도 많이 참여한다. 돈에 대한 탐욕과 집착은 비우고 기부와 봉사활동에서 오는 보람을 머리끝에서 발끝까지 가득 채운 연예인 행복 나눔 왕인 셈이다.

가수 션과 정혜영 부부가 행복을 나눈 돈은 50억 원 정도라 한다. 두 사람의 기부 철학에 대해 션은 다음과 같이 말했다. "그 돈을 우리 둘을 위해 썼으면 우리 부부가 더 행복해졌을까? 아무런 생각도 떠오르지 않는다"

왜 그런 말을 했을까? 기부도 중독성이 있기 때문일까? 그런 면도 있을 것이다. 하지만 기부를 할 때마다의 뿌듯함과 보람을 두 부부가 사는 공간에 가득 채울 수 있기 때문이 아닐까?

그들 외에도 기부 천사들은 많다. 1억 이상을 기부해 "아너 소사이어티"라는 단체에 가입한 사람들도 있고, 매달 1만 원씩을 기부하는 사람들도 많다.

또한, 노점상을 하며 평생 모은 전 재산을 기부하는 분, 몇 백 ~ 몇 천억 원을 기부하는 유명 기업인들도 많다. 그렇다면 기부액의 많고 적음과 기부 빈도에 따라 뿌듯함과 보람의 밀도도 달라질까? 그렇게 생각하는 사람들도 있을 것이다. 그러나 그렇게 생각하는 건 바람직하지 않다.

매달 1만 원씩 기부하는 사람이 매달 1억 원씩 기부하는 사람보다 보람의 밀도가 더 높을 수 있다. 행복이 주관식이듯, 그 원천 중 하나인 보람의 밀도 또한 주관식이기 때문이다.

작은 물방울이 모여야 강과 호수를 가득 채울 수 있다. 작은 기부 액도 마찬가지다. 당신과 우리 사회를 행복으로 가득 채워주는 작은 물방울이란 자긍심을 가지시기 바란다. 다섯 번째, 행복을 같이 함께 하는 사람들은 다음 주제에서 다룬다.

행복이 뭐냐고 물으신다면

만약, 당신이 위 제목과 같은 질문을 받는다면 뭐라고 답할 것인가? "만족하는 상태?", "꿈을 이루는 것?", "성취감?" 모두 맞는 말이다. 필자들은 관점을 다르게 답을 생각해 봤다. "같이 함께 나누는 것"이라고.

누구랑 같이 나눠야 할까? 부모, 형제, 배우자, 자녀, 상사, 부하 직원, 동료, 친구, 이웃 등이다. 무엇을 함께 나눠야 할까? "기쁨과 즐거움", "사랑", "보람", "고통", "슬픔" 등 살아가면서 마주치는 모든 길흉화복이다.

어떻게 같이 함께 나누는가? 해피 투게더가 되면 된다.

해피 투게더란 "같이 하는 사람, 또는 같이 어울리며 서로의 행복을 나누는 사람"을 말한다. 즉, 기쁨과 슬픔을 같이 나누는 마음의 친구, 인생의 동반자 같은 사람을 말한다. 취미와 여가 생활, 학습이나 연구 활동, 자아실현의 욕구 충족 등을 위해 같이 어울리는 사람도 포함된다.

그런 사람이 되기 위해서는 나만의 관계 필살기가 필요하다. 직장에서든, 어떤 커뮤니티에서든 모두 마찬가지다. 어떻게 하면 그런 사람이 될 수 있을까? 다음과 같은 3가지 방법이 있다.

「 해피 투게더 되는 법 3가지 」

1 | 자아실현 활동 함께 하기
2 | 마음을 나누는 친구, 인생의 동반자 관계 맺기
3. 다양한 커뮤니티에 참여해 열정적으로 어울리기

자아실현 활동 함께 하기

자아실현의 원래 의미는 '자신의 능력과 개성을 충실하게 발전시켜 완벽하게 이루는 것'이다. 그러나 이 같은 의미 외에 '자신이 좋아하는 일에 몰입하면서 삶의 보람을 느끼는 것'이란 의미로도 사용되고 있다.

마라톤을 좋아하는 사람, 또는 봉사활동을 좋아하는 사람이 그 일에 몰입하면서 삶의 보람과 행복을 느끼는 상태를 말한다. 단순한 취미활동과는 만족도와 몰입도, 그리고 성취감 면에서 비교할 수 없을 정도로 차이가 난다.

자전거 하이킹, 와인, 사진 촬영 등도 마찬가지다. 자아실현 활동은 주제가 뭐가 됐든, 상대가 누가 됐든 같이 함께 하는 시간이 길고 주기적으로 반복성이 있을 때 서로의 행복을 키우는 데 효과적이다.

그래서 매슬로우란 심리학자는 자아실현의 욕구를 인간의 욕구 5단계 중 최상위 욕구라 한 것이다. 문제는 다음과 같은 넋두리를 하는 이들도 있다는 것이다.

> "영업을 하는 사람이다. 고객마다 원하는 자아실현 활동이 다르다. 많은 고객과 자아실현 활동을 해야 성과를 높일 수 있을 텐데, 한두 고객과만 어울릴 수 있다는 한계가 있다."

"어느 책을 보니 부부금실이 좋으려면 자아실현 활동을 같이
하는 게 좋다고 하더라. 그런데 비현실적인 이론일 뿐이더라.
나는 골프, 아내는 스포츠 댄스 마니아다. 아내에게 골프를
함께 하자고 했더니 거절하더라. 내가 스포츠 댄스를 하고
싶다고 했더니 이것마저 거절하더라. 굳이 하고 싶으면 자기
가 하는 곳이 아닌 다른 곳에서 하라면서."

일리 있는 말이다. 그러나 비현실적인 이론일 뿐이더란 말은 편견이다.
제법 많은 부부들이 스포츠 댄스, 낚시, 여행, 골프, 등산 등을 같이
함께 하면서 부부간 행복을 키워 나가고 있기 때문이다. 첫 번째 걱정
과 같은 문제도 슬기롭게 대처하면 된다. 고객의 중요도를 부여한 후,
우선적으로 그 고객과 자아실현 활동을 같이 하는 것이다.

관계의 밀도 높이기의 중요성을 강조하는 말 중에 "박사 위에 밥사
있고, 그 위에 술사 있다"는 말이 있다. 이 말도 이제부터는 달라져야
한다. '박사 위에 밥술사 있고, 그 위에 해피 투게더 있다'로.

| 마음을 나누는 친구, 인생의 동반자 관계 맺기 |

즐겁게 어울렸다 해도 마음을 나눌 정도로 친해지지 않는다면 사상누각이다. 더 재미있는 게 있다면 그곳으로 미련 없이 떠날 수 있기 때문이다.

생일날 축하 메시지를 100통 넘게 받는 게 중요한 것도 아니다. 같이 밥 먹고 케익도 자를 수 있는 사람이 한 명이라도 있는 게 더 나을 수 있다. 어울림의 폭이 넓어야 할 때도 있지만 깊이가 더 중요하다는 뜻이다.

이런 사실을 잘 아는 이들은 보통 사람들과는 관계의 지향점이 다르다. 그들은 단순히 친한 정도를 뛰어넘는 관계를 구축하려 한다. 가까운 사람과 마음을 나누는 친구, 인생의 동반자 관계를 구축하고자 노력한다.

다음과 같은 사례들처럼.
'휴대폰 단축번호 1번으로 내 번호가 입력돼 있다. 자녀들이 있지만 몸이 불편할 때면 나한테 먼저 연락을 한다.'
'자녀가 셋인데 결혼식을 올릴 때마다 내가 축의금을 받아 줬다. 자신이 죽으면 부의금도 받아 달라고 할 정도다.'
'갑과 을의 업무적인 관계로 인연을 맺었는데 지금은 친형제보다도 더 막역한 사이가 됐다. 그러다 보니 양가의 경조사에 서로 다니는 것은 물론, 매년 여름휴가를 가족 동반으로 함께 가고 있을 정도다.'

비즈니스의 세계에서 갑과 을의 관계로 만났지만 마음을 나누는 친구나 동반자 관계로 발전한 사례들이다. 대부분의 사람들이 자신은 그런 친구가 있다고 말한다. 문제는 한두 명 정도에 그치는 사람들이 많다는 것이다. 자신과 코드가 맞는 사람과만 그런 관계를 맺기 때문이다.

어디서 무슨 일하며 어떤 나로 살든, 그런 사람이 많을수록 좋다. 그래야 행복의 밀도를 더 높일 수 있다. 어떻게 그런 사람을 많이 만들 수 있을까? 다음과 같은 3가지를 실천하는 게 방법이다.

첫째, 먼저 다가가라
둘째, 절대 신뢰를 얻어라
셋째, 무슨 부탁을 하든 바로 거절하지 마라

다양한 커뮤니티에 참여해 열정적으로 어울리기

거의 모든 사람이 동창회, 산악회, 전 직장 OB 모임 등 다양한 커뮤니티에 참여하고 있다. 사람마다 차이가 있으나 2~3개에서 20여 개가 넘는 커뮤니티에 가입해 멤버들과 열정적으로 어울리는 사람도 있다.

보험, 자동차, 정수기 등 무언가를 파는 영업인이나 접점에서 고객을 자주 만나게 되는 서비스 담당들에 많은 편이다. 또한 성향적으로 보면 내성적인 사람보다 외향적이고 사교적인 성향의 사람들에 많은 편이다.

자아실현 활동 함께 하기와 동반자 관계 맺기는 관계의 밀도 중 관계의 깊이를 업그레이드하는데 유용한 방법이다. 반면, 열정적으로 어울리기는 관계의 폭을 확장하는데 보다 더 유용한 방법이라 할 수 있다.

그런 관계를 맺고 싶은 사람들이 유의해야 할 것이 있다. 절대로 발톱을 드러내지 않는 게 좋다. 어떤 커뮤니티에서든 그 멤버들에게 상품 카탈로그와 명함을 건네면서 상품 가입이나 구매를 권유 내지는 부탁하지 않는 게 좋다.

"바쁜 시간을 쪼개어 여러 커뮤니티에 가입한 목적이 그것인데 절대 하지 말라니요. 그럼 뭐 하나요? 감나무 밑에서 감 떨어지기만 기다리란 말인가요?"라는 볼멘소리를 하는 사람들이 있다. '그건 책에서나 있을 수 있는 이론이다. 현실은 다르다'는 말들도 한다. 충분히 공감이 가는 말이다. 그러나 그와 같은 접근법은 하수들의 전유물이다.

고수들은 그렇게 하지 않는다. 커뮤니티에 참여해 멤버들과 열정적으로 어울린다. 기회가 되면 총무를 자원해 그 커뮤니티를 위해 헌신적으로 활동한다. 커뮤니티 멤버들로부터, "어때, 우리 김 총무님 멋지지 않아? 역대 총무님들 중 최고인 것 같아. 안 그래?"

이와 같은 긍정적 평판이 이미지메이킹 된다면 그 커뮤니티 내 멤버들 중 상품 구매를 하는 이들이 늘어난다. 커뮤니티 멤버들, 그들에게 매일 심은 행복의 씨앗들이 열매가 돼 당신을 스스로 찾아올 것이기 때문이다.

물론, 이 방법은 코로나19로 인한 사회적 거리 두기 시행으로 실천하기 어렵다. 우리 국민 모두가 마스크를 벗는 그날까지 커뮤니티를 통한 어울리기는 일단 유보시키는 게 좋다.

행복해지기 위한 관계의 원천들

인간은 누구나 행복하기를 원한다. 하지만 원한다고 모든 사람이 행복하게 살 수 있는 것은 결코 아니다. 2장과 3장에서 소개한 사람들, 즉 마음을 비우고 내려놓아도 행복해지지 않는다는 사람들과 먹고사는 게 최우선이어서 비울 것 자체가 없는 사람들이 바로 그들이다.

그들 외에 또 한 부류의 사람들이 있다. 자신과 가까운 사람들과의 관계에서 지속적으로 상처받는 사람들이 바로 그들이다.

그렇다면 그들이 행복해지기 위해 습관화가 필요한 관계의 원천은 어떤 것들일까? 공감, 경청, 배려, 신뢰, 사랑, 나눔일까? 맞는 말이다. 하지만 중요한 원천은 아니다. 그 원천은 다음과 같은 4가지다.

「 행복해지기 위해 습관화가 필요한 관계의 원천 4가지 」

  1 | 본분
  2 | 존중
  3 | 소통
  4 | 투게더 (Together)

이제부터 위 4가지가 왜 습관화가 필요한 관계의 원천이자 행복의 밀도를 높여 주는 원천이라는 건지 알아보자.

행복해지는 최대 걸림돌이라 할 스트레스와 상처는 누구로부터 비롯되는 걸까? 나와 관계를 맺고 있는 사람들일까? 아니면, 일면식이 없는데도 내 홈피나 블로그에 찾아와 좋아요를 클릭하거나 악성 댓글을 다는 악플러들로부터 비롯되는 것일까? 둘 다 맞다.

그러나 근본적인 원천이라고 하기는 좀 그렇다. 행복도, 스트레스와 상처도 결국 나 자신에서 비롯되기 때문이다. 내가 다해야 할 본분을 다하거나, 다하지 못한 것에서 비롯된다는 뜻이다.

본분!

다소 낯선 단어다. 본분이란 "본래의 직분에 따른 책임이나 의무"를 말한다. 행복해지려면 가정, 직장, 자신이 속한 커뮤니티에서 자신의 위치에 따른 본분을 다하는 것이 매우 중요하다. 공자가 왜 본분과 관련해 "의식주를 해결하지 못하는 사람은 예를 다하기 어렵다."고 말했는지 그 의미를 곱씹어 봐야 한다.

의식주는 가장과 주부의 본분 중 첫 번째라 할 수 있다. 이를 해결하지 못하는 사람은 가정과 지역 사회, 일터, 각종 커뮤니티에서 인정받기 어렵다는 뜻이다. 아무리 좋은 의견을 낼 식견이 있더라도, "제 앞가림도 못하는 주제에~~"라는 평가를 받을 것이기 때문이다.

결혼한 성인 남녀가 행복해지기 위해 다해야 할 본분은 어떤 것들일까? 다음 주제, "모든 관계 리셋의 마중물", "부모의 자격 리셋이 먼저다" 등을 참조하시기 바란다.

이 세상에서 가장 아름다운 단어를 꼽으라면 사랑을 꼽는다. 인생에서 가장 중요한 단어를 꼽는다면 무얼까? 행복이다. 그다음이 바로 인간관계이다. 그렇다면 관계에서 가장 중요한 단어는 무얼까? 신뢰와 공감, 배려를 꼽는 이들이 많다. 그러나 이 세 단어보다 더 중요한 게 있다. 바로, 존중이다.

왜 그렇다는 걸까? 부부, 부자, 고부, 장서 간은 물론, 상사와 부하 등 모든 관계가 막힘없이 술술 풀리기 때문이다.

나와 상대가 서로를 존중하는 생각, 말과 행동이 습관이 되면 행복의 밀도가 높은 삶을 살 수 있다는 뜻이다.

반면, 존중 없는 배려, 소통, 사랑, 신뢰의 관계는 어떨까? 빛 좋은 개살구요, 모래성이다. 왜 그렇다는 건지는 이번 장의 "배려가 백이면 존중은 만이다" 등의 주제에서 알아보도록 하자.

소통의 중요성을 모르는 이는 없다. 행복한 관계를 맺기 위한 기본 원천이자 상대로부터 원하는 바를 얻기 위한 수단이라는 사실 정도는 다 안다. 그러나 소통을 잘하는 사람은 그다지 많은 편이 아니다. 왜 그런 걸까? 소통은 말로 하는 것이라는 고정관념 때문이다.

인간 연령대 별로 소통을 잘하는 그룹은 5세 미만의 아이들이다. 아이들은 말을 못 할 때에도 희로애락을 잘 전달한다. 얼굴 표정과 같은 바디랭귀지(신체 언어)를 통해서다. 그러나 성장하면서 무표정한 얼굴로 변한다. 바디랭귀지 대신 말을 소통의 수단으로 삼는다.

말은 얼굴 표정, 손짓 등과 같은 바디랭귀지보다 난이도가 높다. 내 의도를 상대방은 다르게 이해하기도 하고 무시당했다며 화를 내기도 한다. 소통을 잘하기 위해 책도 읽고 강의를 들어 봐도 그다지 효과가 없는 편이다. 어떻게 해야 할까? 2가지 관점을 달리해야 한다.

하나는 '말 잘하는 기술' 대신, 뒤 부분에서 소개할 '행복한 일상을 만드는 5가지 말투 습관'을 익혀야 한다. 다른 하나는 상대가 누가 됐든 존중하는 마음을 갖고 소통하는 습관을 익혀야 한다는 것이다. 익히는 것만으로는 부족하다. 만나는 사람마다 "나는 당신을 존중합니다"라는 의미가 담긴 말을 건네고 행동으로 보여 줘야 한다.

투게더 (Together)

"행복이 뭐냐고 물으신다면?" 이란 질문에 필자들은 "같이 함께 하는 것"이라고 답한다고 말했다. 누구랑? 사랑하는 사람들, 같이 일하는 사람들, 뜻이 같은 사람들, 추억을 함께 나눌 수 있는 사람들, 보람을 공유하는 사람들과 함께.

무엇을? 밥과 술은 물론, 맛있는 것 먹기를, 등산 · 배드민턴 · 여행 등의 취미와 여가 생활을, 영화 · 뮤지컬 · 스포츠 경기 관람을, 독서 토론 · 연구 활동과 같은 지적 활동을, 자아실현 활동 등을.

왜 그들과 함께 하는 것이 행복해지기 위해 습관화가 필요한 관계의 원천인지는 바로 앞 주제의 "행복이 뭐냐고 물으신다면?", 1장의 "앞만 보고 잘 달리면 행복해질 줄 알았다"의 내용을 참조하시기 바란다.

모든 행복한 관계의 마중 물

마중 물이란 "물을 끌어올리기 위해 펌프 위에 붓는 물"을 말한다. 그렇다면 행복한 관계의 마중 물은 무엇을 의미하는 걸까? "본분 다하기"이다. 본분을 다하는 것이 행복이라는 물을 끌어올리기 위해 관계라는 펌프에 붓는 물과 같은 작용을 하기 때문이다. 왜 그렇다는 건지 생각해보자.

알콩달콩 행복해야 할 가정 내에 갈등이 많다. 어디 갈등뿐이랴. 최근 10여 년 동안 매년 9만여 가정이 부부 이혼으로 파탄을 맞고 있다. 가정 폭력 역시 줄어들지 않고 있다.

서로 다른 성격 탓일까? 환경과 문화가 다른 가정에서 자란 남녀가 가정을 이루고 살다 보면 갈등이 생길 수밖에 없기 때문일까? 화성 남자, 금성 여자라는 말이 있듯이 남자와 여자는 근본적으로 소통 방식이 다르기 때문일까?

맞는 말들이다. 그러나 보다 근본적인 이유가 있다. 이 시대 가족 구성원들이 지켜야 할 역할과 도리, 책임과 의무에 관한 롤 모델이 없다는 것이다. 조선 시대의 삼강오륜(三綱五倫)과 같은 가치관 말이다.

이 시대의 가치관은 무얼까? 그래도 가부장적 가치관? 아니다. 어쩌면 가모장적 가치관이 더 가깝다고 할 수 있다. 그러나 이 역시 이 시대를 대표하는 보편적 가치관이라 할 수는 없다. 인정하지 않는 사람들이 많기 때문이다.

상황이 이렇다 보니 가부장적 가치관을 가진 사람과 이를 부정하는 사람들 간 충돌이 일어난다. 이로 인해 갈등이 일어나고 서로에게 상처를 주고받는다.

자유와 평등은 어떨까? 역시 인정하지 않는 사람들이 많다. 이런 관점에서 보면 이 시대는 가족 구성원을 위한 가치관의 공백 시대, 충돌 시대라 할 수 있다.

어쨌든 가족 모두가 행복하려면 가정 내 갈등은 아예 발생하지 않도록 하거나 최소화해야 한다. 서로에게 상처를 주고 결국에는 가정 파탄으로까지 이어지기 때문이다.

그렇다면 이 시대의 가정에 적합한 보편적 가치관의 조건은 무얼까? 가족 구성원 각자의 역할과 도리, 책임과 의무에 관한 가이드라인, 즉 본분이 제시돼야 한다. 이 같은 관점에서 결혼해서 가정을 이룬 성인 남녀가 다해야 할 본분은 몇 가지나 될까? 각각 6가지다. 이를 필자들은 육본(六本)이라 한다.

「 가정을 이룬 남자가 다해야 할 육본(六本) 」

   1本 : 가장으로써의 본분

   2本 : 남편으로써의 본분

   3本 : 아빠로써의 본분

   4本 : 아들로써의 본분

   5本 : 사위로써의 본분

   6本 : 형제로써의 본분

「 가정을 이룬 여자가 다해야 할 육본(六本) 」

   1本 : 주부로써의 본분

   2本 : 아내로써의 본분

   3本 : 엄마로써의 본분

   4本 : 딸로써의 본분

   5本 : 며느리로써의 본분

   6本 : 형제로써의 본분

부모 자식 간, 부부간, 형제간의 관계가 불편한 경우가 많다. 그러나 부모 자식 간, 형제간은 극도로 불편한 관계라도 비교적 쉽게 리셋이 가능하다. 서로 피를 나눈 관계이기 때문이다.

물론, 저절로 리셋이 되는 건 결코 아니다. 새 물을 끌어올리기 위해 펌프에 마중 물을 붓듯, 관계라는 펌프에도 리셋이라는 새 물을 끌어올릴 마중 물을 부어야 한다. 그 마중 물이 바로 본분을 다하는 것, 다하기 위해 진정성 있게 노력하고 있다는 것을 인정받는 것이다.

가족 관계 중 특히 문제가 되는 관계가 부부간이다. 부모 자식 간, 형제간의 관계는 제아무리 불편한 관계라도 호적을 파내지 않는 한, 부모 자식이고 형제이다. 그러나, 부부는 아니다. 헤어지면 바로 남이다.

문제는 헤어지고 나면 복원하기가 쉽지 않다는 것이다. 지금까지 강조했듯이 헤어지기 전보다 더 불행해질 가능성이 높다. 그러므로 현재보다 더 행복해지기 위해서는 부부간 관계 리셋이 필요하다.

그 첫 단계가 부부관계라는 펌프에 새로운 마중 물을 붓는 것이다. 남편이든, 아내든 배우자가 마중 물을 부어줄 때까지 기다리지 마시라. 더 행복해지기를 원한다면 내가 먼저 부부관계 리셋을 위한 마중 물을 부어야 한다.

그 마중 물이란 게 도대체 뭘까? 가정을 이룬 남녀가 다해야 할 육본 중, 최소 3가지다. 남편(아내)로서의 본분, 가장(주부)로서의 본분, 아빠

(엄마)로써의 본분. 본분 별 역할과 도리, 책임과 의무에 대해서는 굳이 설명하지 않는다. 지금까지 다룬 주제들, 앞으로 다룰 주제들에서 충분히 컨센서스가 모아졌을 것이기 때문이다.

 직장에서도, 친구들 간에도, 어떤 유형의 커뮤니티에서도 마찬가지다. 더 행복해지기 위한 관계 리셋이 필요하다면 행복 펌프에 내가 먼저 마중 물을 부어야 한다. 직장 구성원으로서, 친구로서, 커뮤니티 구성원으로서 각자 자신의 위상에 맞는 본분을 다하는 마중 물 말이다.

부모의 자격 리셋이 먼저다

이제 행복해지려면 가까운 사람들과 좋은 관계를 맺고 유지하는 것과 관계를 리셋하는 것이 중요하다는 걸 알았을 것이다. 어떤 관계를 리셋하는 것이 필요할까? 다음과 같은 5대 관계다.

1. 부모 자식 간
2. 부부간
3. 상사와 직원 간 (또는 스승과 제자 간, 감독과 선수 간)
4. 친구 간
5. 나와 고객 간 (또는 나와 비즈니스 파트너 간)

여기서는 부모 자식 간 관계의 리셋에 대해 알아본다. 나머지 4가지 관계의 리셋에 대해서는 뒷부분에서 알아보자.

운전은 운전할 자격이 있는 사람, 즉 운전면허를 취득한 사람만 할 수 있다. 부동산 매매 중개업도 마찬가지다. 공인중개사 자격증을 취득한 사람만이 할 수 있다. 의사도, 변호사도, 회계사도 마찬가지다. 이처럼 자격증은 주로 전문성과 안전성이 필요한 분야에 많은 편이다.

물론, 특별한 자격이 없어도 그 일을 할 수 있는 분야들도 많다. 창업을 하는 게 대표적이다. 문제는 경쟁할 자격을 갖추지 못한 사람들이 너도 나도 창업에 뛰어든다는 것이다.

아이를 낳아 부모가 되는 것도 마찬가지다. 부모 될 자격을 갖추지 못한 이들이 많다. 경제적 무능력, 언어폭력 및 폭행, 학대를 일삼는 부모만을 말하는 게 아니다. 자녀가 건강하게 성장하는 데 도움을 주지 못하는 부모들도 포함해서다.

더 큰 문제는 국가도, 사회도, 학교도 부모의 자격 관련 교육을 방치하고 있다는 것이다. 일부 자치단체나 사회 교육 단체 등에서 '육아 교실'이나 '아버지 학교' 같은 형태의 교육이 이루어지고는 있지만 턱없이 부족한 편이다. 결국, 행복한 가정을 이루기 위해서는 부모는 물론, 부모 될 사람들이 스스로 학습하는 수밖에 없다.

더 행복해지기 위한, 즉 행복의 밀도를 높이기 위한 부모의 자격엔 어떤 것들이 있을까? 다음과 같은 5가지다.

「 행복의 밀도를 높여 주는 부모의 자격 5가지 」

1 | 의식주학 (衣食住學) 문제
2 | 멘토
3 | 재능 개발
4 | 솔선수범
5 | 존중하는 사랑

자녀가 성인이 될 때까지 의식주학 (衣食住學), 즉 의식주와 배우는 문제로부터 자유로울 수 있게 해주는 것은 부모의 자격 중 첫 번째다.

이 시대 가족 간에 공유되는 가치관이 없다고 말했다. 그 원인 등으로 인해 자격 없는 부모들이 많아졌다는 점도 강조했다. 그 대안으로 "멘토형 부모"는 어떨까? 가부장적 부모는 권위를 내세워 지시하고, 강요하며 통제하려는 성향이 강하다. 반면, 멘토형 부모는 자녀의 재능을 찾아내고, 꿈과 목표를 갖도록 도와주는 Life Coach 같은 부모를 말한다.

일반적인 멘토보다도 멘토링의 범위가 넓다고 할 수 있다. 자녀가 어떤 재능을 타고났는지 찾을 수 있도록 도와주고, 그 재능을 바탕으로 꿈을 갖도록 도와주며 그 꿈을 실행할 환경을 만들어 주는 식이기 때문이다.

그 뿐만이 아니다. 인생의 중요한 선택의 기로에서 최상의 선택을 할 수 있도록 조언도 해줘야 한다. 진학, 직업 선택, 배우자 선택, 전직, 창업 등과 같이 운명이 뒤바뀔 수 있는 선택 대안에 대한 조언 말이다. 멘토형 부모는 강요하지도 통제하지도 않아야 한다. 자녀가 어떤 대안을 선택하든 그 결정을 존중해주는 부모이기 때문이다.

부모 자식 간에 갈등과 상처를 가장 많이 주고받는 단어는 '공부'이다. "게임 그만하고 공부해라", "공부 열심히 해~", "그림 공부 잘하고 있지?", "학원 빠지지 마!" 등.

왜 그렇게 공부를 강조하는 걸까? 사농공상의 가치관, 학벌 지상주의의 유산 때문이다. 그러나 공부로 상위 3% 이내에 들지 못하는 자녀에게 공부를 강조하는 생각은 달리할 필요가 있다. 그 정도 수준으로는 포스트 코로나, 4차 산업혁명 시대에 살아남기가 쉽지 않기 때문이다.

뉴밀레니엄의 시작인 21세기는 지능형 로봇이 공장을 뛰쳐나와 인간과 더불어 살아가는 세상이 될 것이다. 그러므로 앞서 언급한 것처럼 이 세상에서 살아남으려면 어떤 분야에서든 탁월한 존재가 돼야 한다. 그런 존재가 되기 위한 확률 높은 대안은 잘하는 재능에 올인하는 것이다.

어설프게 잘하는 공부로는 한계가 있다. 자녀의 재능을 찾아 줘라. 스스로 찾을 수 있도록 도와줘라. 그 재능을 갈고닦을 수 있는 환경을 만들어 줘라. 스스로 할 수 있도록 습관이 되게 만들어라. 다음과 같은 말을 상기하면서.

"열심히 노력하면 전문가는 될 수 있다. 그러나, 탁월한 존재는 아니다. 잘하는 재능을 열심히 노력해야 오를 수 있다. 그래야 채울 수 있고, 채울 게 있어야 비우고 내려놓을 것도 있다."

"엄마는 드라마 보면서 왜 나는 공부만 하래?", "아빠는 컨디션 안 좋다며 헬스 센터 수시로 빠지면서 왜 나한텐 학원 안 갔느냐고 화를 내?"

자녀들이 부모를 향해 불만을 터뜨리는 단골 레퍼터리 들이다. 문제는 위와 같은 말들이 부모 자식 간 갈등과 불화의 씨앗이 되고 관계의 밀도를 떨어뜨린다는 것이다.

"농작물은 농부의 발걸음 소리를 듣고 자라고, 자녀는 부모의 발자국을 보며 자란다."는 말이 있다. 관심과 정성, 사랑도 솔선수범할 때 효과가 있다는 뜻이다. 필자들도 노력 중이다. 언행일치(言行一致)에는 못 미치더라도 그 전단계인 언행 근치 (言行近致)하는 아빠로 포지셔닝 되기 위해서. 아빠의 자격을 갖추고 유지하기 위해서.

자녀에 대한 도를 넘는 사랑도 자격 미달의 부모를 만드는 원천이다. 중소기업을 운영하고 있는 문영준 (55세, 가명) 씨가 그런 경우다.

< 문 씨는 중학교 3학년인 아들이 갑자기 유학을 가고 싶다고 해서 무척 놀랐다. 공부를 제법 잘했던 아들이지만 그 나이에 가족 곁을 떠나 유학을 보내달라고 할 줄은 정말 의외였다. 가슴이 뿌듯할 정도로 기뻤다.

나이 마흔에 결혼해 얻은 아들이라 더 대견스러웠다. 아들이 초등학교에 입학하고 나서부터 중3 때까지 매일 학교 앞까지 데려다주고 출근했다. 저녁 약속이 없는 날엔 학원 앞에서 기다리다 같이 집에 오곤 했다.

소통 잘하는 아빠가 되기 위해 아들 또래가 좋아하는 노래, 연예인 등에 대해 줄줄이 꿸 정도로 잘 아는 아빠였다. 그뿐만이 아니었다. 아들이 좋아하는 게임도 열심히 배웠다.

아들은 초등학교 6학년 때부터 "애들 보면 창피하니까 몇 발짝 떨어져 따라오라"고 했다. 하지만 문 씨는 애들 신경 쓸 필요 없다고 받아넘겼다. 그런 아들의 유학 보내달라는 진짜 이유를 카톡으로 보고서 엄청난 충격을 받았다. "아빠에겐 미안하지만, 아빠의 지나친 관심에 숨이 막힐 지경.."이라는 메시지였다.

그날, 문 씨는 혼자서 막걸리를 마시면서 펑펑 울었다. 결국 문 씨는 아내와 상의도 하고 심리 전문가의 상담을 받은 끝에 아들을 캐나다로 유학 보냈다. 요즘도 문 씨는 매일 아들과 하루 2~3번씩 통화하고 있다. >

왜 문 씨 아들은 아빠로부터 탈출하듯이 유학을 떠났을까? 아빠의 도를 넘는 관심 때문이다. 왜 문 씨는 혼자 막걸리를 마시면서 펑펑 울었을까? 너무나 사랑하는 아들에게 상처를 줬다는 자괴감과 허탈함 때문일 것이다.

어쨌든 이들과 같은 부모 자식 간의 관계는 무엇이 문제인 걸까? 지나침이다. 행복의 밀도는 어떻게 높일 수 있을까?

문 씨 부자를 예로 들어 보자. 문 씨는 일단 전문가와 아내의 의견을 받아들여 유학 보내는 것으로 관계의 물꼬를 트긴 텄다. 그러나 그 정도로는 행복의 밀도를 높이기 어렵다. 이번에는 매일 2~3번씩 하는 통화가 아들에게 또 다른 형태의 스트레스를 줄 수 있기 때문이다. 문 씨를 위한 관계 리셋의 솔루션은 무엇일까?

아들을 사랑하기 전에 존중해 주는 것이다. 아들을 존중하는 것이 어려울 것도 없다. 아들이 "애들 보기 창피하니까 몇 발짝 떨어져 따라오라"고 말할 때, "알았어!"라고 대답하면 된다.

자녀에 지시하고 통제하며 자신의 생각을 강요하는 부모도 문제지만 도를 넘는 관심과 사랑도 문제다. 둘 다 자녀에게 상처와 스트레스를

쳐 행복의 밀도를 바닥으로 떨어뜨리기 때문이다. 상처를 준다는 관점에서 보면 자녀에 대한 존중 없는 사랑은 스토커와 다를 바 없다.

부디 다음의 말을 절대 잊지 마시기 바란다.

"존중 없는 사랑은 집착일 뿐이다."

어떤 선택을 해야 평생 행복할 수 있을까?

인간은 하루 150 번, 평생 동안 400만 번 정도의 선택을 한다고 한다. 그중 가장 중요한 선택은 무얼까?

"진로 선택?
"직업 선택?"
"내 집 마련?"
"금수저 물고 태어나는 것?"
"좋은 친구?"

모두 아니다. 바로 배우자 선택이다. 왜 그런 것인지 생각해 보자. 인간은 무언가를 선택할 때마다 어떤 메시지를 받는다. 즐거움이나 기쁨, 만족, 성취감, 보람 등 행복을 부르는 긍정적 메시지뿐 아니라 후회, 고통, 분노, 실패와 같은 불행과 관계있는 부정적인 메시지까지도.

그 선택이 주는 임팩트에 따라 대부분 몇 초 ~ 몇 시간 정도부터 1~2년 정도까지 영향을 받는다. 그러나 평생 동안을 넘어서 자식과 손자까지 3대에 걸쳐 영향을 받는 것도 있다. 바로 배우자 선택이다.

재산은 물려주기 싫으면 배우자와 자녀에게 물려주지 않는 선택을 할 수도 있다. 그러나 유전자는 내 맘대로 되는 게 아니다. 어떤 배우자를 선택하든, 좋은 유전자든 나쁜 유전자든 내 의지와 상관없이 나와 배우자의 유전자가 자녀에게 물려진다. 400만 번 정도의 선택들 중에서 배우자 선택이 가장 중요한 이유라 할 수 있다.

배우자 선택 시 지적, 정서적, 경제적, 신체적, 관계적 능력 등이 중요 고려 요인이다. 상세 내용은 필자(이성동)의 책, '결혼의 경제학'을 참조하시기 바란다. 여기서는 행복의 밀도를 높이기 위한 고려 요인에 대해 알아보자.

「 행복의 밀도를 높이기 위한 배우자 선택 시 고려 요인 」

　　1 | '연애와 결혼은 별개다'라는 결혼관
　　2 | 혼수보다 마음 혼수의 밀도

'연애와 결혼은 별개다' 라는 결혼관

부모의 반대를 무릅 쓴 채 결혼한 사람들 중 행복하게 사람들도 있고, 그 반대인 경우도 있다. S대를 나와 5급 공무원 시험에 합격한 뒤, 공무원으로 근무 중인 신경은(가명, 여, 31세) 씨! 그녀는 후자의 대표적인 사례다.

< 결혼 1년 만에 이혼한 신 씨는 결혼을 반대했던 부모님 말씀을 듣지 않았던 걸 몹시 후회하고 있다. 신 씨 부모가 반대한 이유는 다음과 같았다.

> "그 친구는 너와 어울리지 않는다. 하위권 대학인 H대를 나왔대서, 스포츠 센터 트레이너라는 직업이 미덥지 않아서 그런 게 아니다. 문제는 별다른 꿈이 없고 가부장적인 가치관 또한, 너무 강하다는 것이다. 남편이나 가장이랍시고 네 위에 군림하고 강요하며 통제하려 들 가능성이 높다. 시부모 말에 무작정 복종해야 하고 명절 때면 시댁 주방에서 거의 모든 시간을 보내야 할 수도 있다. '연애와 결혼은 별개다.'라는 말이 있다. 결혼하려는 청춘들에게 사랑이나 낭만만 먹고는 살 수 없는 게 인생이란 걸 깨우쳐 주기 위한 충고 아니겠니?"

이 같은 부모의 반대를 물리치고 결혼을 강행한 신 씨! 그러나 그녀의 행복은 결혼 3개월을 넘기던 시점에서부터 금이 가기 시작했다. 시어머니의 지나친 간섭과 잔소리, 무시가 발단이었다.

"넌 쌀도 제대로 씻을 줄 모르니? 과일도 깎아 보지 않고 결혼했어? 지난번에 얘기했는데도 그대로인 걸 보니, 너 내 말을 완전 개무시 하는구나? 자고로 여자는 살림을 잘 해야지. 가방끈만 길면 뭐하냐?"라는 식으로.

참다못한 신 씨가 남편에게 말한 게 이혼의 도화선이 됐다. 남편의 반응이 다음과 같았기 때문이다.

'시어머니한테 무슨 말을 그렇게 해? 너, 벌써부터 시어머니를 무시
하는 거야?'

남편의 반응에 너무 실망한 신 씨가 반박했다. 심 씨의 반박을 남편이 되받곤 하다가 뺨을 때리는 폭력으로 이어졌다. 충격을 받은 신 씨는 6개 월 동안, 별거한 뒤 이혼했다. >

부모의 반대가 심한 사람이 결혼 전 깊이 생각해 봐야 할 사례다. 그런 이들은 왜 "연애와 결혼은 별개다!" 라는 말이 있는지 생각해 봐야 한다. 다음과 같은 말들의 의미를 깨물어 보면서. 연애는 한 남성과 한 여성 간의 관계일 뿐이다. 결혼은 다르다. 부부간 관계뿐이 아니다. 시월드와 처월드간 관계의 결합이다.

두 관계 간에는 문화적, 경제적 차이와 가치관의 차이가 존재한다. 그 차이가 부부간, 고부간, 장서 간 관계에서 갈등을 낳고 상처를 주고받게 만든다. 위 사례에서 나타났듯이 가치관이 다르면 생각이 다르다. 중요한 건 그게 끝이 아니라는 거다. 생각이 다르면 말이 다르고, 말이

다르면 행동 또한 달라지는 게 세상 이치이다.

하루만 못 봐도 죽도록 보고 싶었던 상대였는데도 결혼하고 나서 1년여 만에 이혼하는 커플들이 있다. 왜 그런 걸까? 사랑이란 감정이 식었기 때문일까? 물론, 그런 이유도 있을 것이다. 사랑도 유효 기간(평균 1.5~3년이라 한다.)이 있다니까. 눈에 꼈던 콩깍지가 벗겨지는 순간, 그동안 보이지 않던 단점들이 한꺼번에 보일 테니까.

물론, 문화적 차이가 있고 가치관이 다르다고 모든 사람이 반드시 연애와 결혼을 별개로 봐야 한다는 건 아니다. 상대방의 가치관, 생각, 말은 물론, 나쁜 습관마저도 100% 존중할 자신이 있느냐, 나는 얼마나 존중받을 수 있느냐는 것이 선택의 기준이 될 수 있다.

그럴 확신이 드는 상대라면 결혼해도 좋다. 그렇지 않은 사람과는 연애로 관계를 정리하는 게 좋다. 내 행복의 원천은 나 자신에게도 있지만, 결혼할 상대 및 그와 가까운 사람들과의 관계에도 존재하기 때문이다. 물론, 다음과 같은 사람은 예외다.

"상대가 누가 됐든, 그의 모든 것을 긍정하고 포용해서 행복하게 살 자신이 있는 사람!"

결혼할 자격, 마음 혼수의 밀도

결혼을 약속한 후, 혼수 문제로 갈등하며 상처를 입는 경우를 종종 볼 수 있다. 대부분 한 쪽이 양보해 갈등을 봉합한 채 결혼식을 치르기도 하지만 끝내 파혼으로 치닫는 커플들도 있다. 어떤 선택을 한 사람들이 더 행복한 삶을 살 수 있을까?

배우자를 잘 선택한 사람과 그렇지 못한 사람 간에는 어떤 차이가 있을까? 엄청나게 큰 차이가 있을까? 아니다. 아주 작은 차이가 있을 뿐이다. 배우자 될 상대와 그 가족들과 관계의 밀도를 높일 수 있는지, 아닌지 그 징후를 읽고서 판단하는 능력이다. 이와 관련한 사례 하나를 소개한다. 중학교 교사 정영주(가명, 여, 32세) 씨 사례다.

< 정 씨는 초등학교 동창생인 의사와 결혼을 약속한 사이였다. 양가 부모들 모시고 상견례까지 잘 마쳤다. 사단은 남친 집에서 적어도 30평 대 아파트는 해 와야 한다는 요구를 한 데서 비롯됐다.

그뿐만이 아니었다. 예비 시어머니가 혼수 품목을 일일이 지정해 준 다음, 브랜드까지 콕 찍은 리스트를 줬다. 다음과 같은 말을 덧붙이면서.

"내가 열쇠 3개를 원하는 것도 아니잖니. 의사 남편, 사위 얻으려면 최소한 이 정도는 해야지..."

결혼식 날자, 장소 잡는 것도 다 일방통행이었다. 참다못한 정 씨 어머니가 가족회의를 열었다.

"영주야, 미안하지만 이 결혼 없던 걸로 하자. 그쪽 요구를 못 들어줘서가 아니다. 아파트도 혼수도 어떻게든 해볼 생각이었다. 그런데 곰곰이 생각해 보니 이건 아닌 것 같다. 하나를 보면 열을 알 수 있다고. 네 시어머니 될 사람 하는 걸 보니 너 평생 동안 갈등하며 상처받을 게 뻔하다. 난 네가 행복하게 살기를 바란다..."

엄마의 말을 듣고서 정 씨는 눈물만 흘릴 뿐 아무 말도 못하고 있었다. 딸의 그런 모습을 보면서 아빠도 무겁게 입을 열었다.

"나도 네 엄마 의견에 찬성이다. 네 남편 될 녀석 보고서 그렇게 마음먹었다. 내가 보기에 그 친구는 기회주의자인데다 비겁 찌질한 찐마마보이다. 아무리 제 어머니가 그런다 해도 널 진정으로 사랑한다면 중간에서 모른 척해서는 안 된다. 난 그런 놈에게 널 평생 맡기고 싶지 않다. 네 시어머니 될 사람과의 갈등? 이게 끝이 아니라 시작이란 생각이 든다..."

엄마, 아빠의 말을 듣고 며칠 동안 고민하던 정 씨도 결단을 내렸다. "내가 모든 걸 받아들이면 되지 않을까? 아냐, 그럴 자신도 없고, 그래서도 안 된다고 생각해. 그래, 이런 남자와 결혼하면 아마 평생 후회할지도 몰라..."라는 생각이 들었기 때문이다. >

우리 주변에서 쉽게 볼 수 있는 사례다. 만약에 정 씨가 신 씨처럼 결혼을 강행했다면 어떤 삶을 살고 있을까? 행복한 삶일까? 신 씨와 비슷한 삶일까? 답은 신 만이 알고 있을 것이다.

다만, 행복의 밀도가 어떨지, 그 징후를 읽고서 예측해 볼 수는 있다. 물론, 신 씨의 경우와는 다르다. 하지만 정씨 역시 마찬가지다. 결혼을 강행했다면 시어머니로부터 지속적으로 상처를 받으며 살았을 가능성이 높지 않았을까?

"혼수!"

"결혼할 때 필요한 물건의 품목"을 말한다. 그 범위와 기준이 있는 건 아니다. 분가해서 살 경우를 예로 들어 보자. 신랑은 살 집을, 신부는 생활하는데 필요한 물건들을 마련하는 게 우리 사회의 평균적인 관례이다. 문제는 혼수에 대한 기대치가 높은 게 예비부부간, 고부간, 장서간, 사돈 간 관계의 밀도를 떨어뜨린다는 것이다.

기대치는 왜 높은 것일까? 우리가 체면을 중시하는 사회이기 때문이다. "그 집 둘째 며느리가 혼수를 잘해왔다며?" "은주 엄마는 좋겠다, 사위가 결혼하면서 강남에 30평 대 아파트를 샀다니..." 등과 같은 주변의 평판을 의식하는 사회 말이다.

문제는 혼수와 관련한 평판의 밀도가 아무리 높아도 행복의 밀도를 높이는데 전혀 영향을 주지 못한다는 것이다. 오히려 질투만 늘어 날 뿐이다. 행복의 밀도를 높여 주는 원천은 혼수가 아니다. 마음 혼수다.

"마음 혼수!"

결혼할 때가 아니라, "결혼생활 내내 행복해지기 위해 필요한 심리적 혼수 품목"을 말한다. 다음과 같은 5가지다.

「 심리적 혼수 품목, 마음 혼수 5가지 」

1. 경제적, 정서적 독립
2. 건강한 신체와 정신
3. 신뢰
4. 인정
5. 존중

경제적 독립과 건강한 신체와 정신은 설명하지 않아도 될 것이다. 정서적 독립이란 부모로부터 정신적으로 홀로 서라는 뜻이다. 이를테면 아내로부터 '찐마마 보이'란 소리를 듣지 말라는 말이다. 신뢰란 언행일치나 언행근치로 믿음을 주는 것을 말한다. 특히, 외도를 해서는 안 된다. 인정과 존중에 대해서는 뒷부분의 내용들을 참조 바란다.

앞서 부모의 자격에 대해 언급했다. 부모 될 자격을 갖춰야 한다고. 결혼할 자격 역시 마찬가지다. 자격 없는 사람들이 결혼하게 되면 거의 대부분 문제가 발생할 수밖에 없다. 위에서 언급한 5가지를 갖춘 사람, 근접한 사람이 되기 위해 노력해야 한다.

혼수로 신혼집을 가득 채운다고 행복의 밀도가 그만큼 높아지는 게 아니다. 가득 채워야 할 것은 마음 혼수 5가지의 밀도다. 그 밀도가 결혼할 자격을 구분하는 기준이자, 행복한 부부로 살아내기 위한 핵심 솔루션임을 잊지 마시기 바란다. 부디, 마음 혼수를 갖춘 사람을 평생의 반려자로 선택하는 신의 한 수를 두시기 바란다.

직장인이 스트레스 받는 이유, 행복한 이유

| 직장인의 성공과 행복을 보장하는 것들 |

행복한 직장인의 조건은 무엇일까? 여러 고상한 얘기들이 있겠지만 일단 임원이 되고 CEO가 되는 것, 즉 직장인으로 성공했다는 평판을 들을 수 있는 성취를 이루는 것 아닐까?

그러나 이 조건은 결과적 관점에서 본 행복론이다. 직장인으로 일하는 기간 동안의 과정적 관점에서의 행복론도 중요하다. CEO 되는 게 목표가 아닌 다른 목표를 갖고서 일하는 이들도 있기 때문이다.

결과론이든, 과정론이든 직장인의 성공과 행복을 보장하는 솔루션은 무엇일까? 플로리다 주립대 제럴드 펠리스 교수의 연구 결과에 그 답이 있다. 그는 직장인의 성공을 보장하는 것과 관련한 설문조사를 진행했다. (일반 직장인 대상, 복수 응답 방식)

그 결과로 다음의 8가지를 꼽았다. 그 중 가장 중요한 원천은 바로 인간관계라고 주장했다.

「 직장인의 성공을 보장하는 8가지 」

1 | 인간관계 : 50%

2 | 동기와 의욕 : 48%

3 | 계획과 전략 : 47%

4 | 리더십 스타일 : 42%

5 | 교육과 훈련 : 37%

6 | 인적 네트워크와 접촉 : 35%

7 | 성실과 그에 따른 명성 : 33%

8 | 정치적 수완 : 28%

여기서 절대로 간과해서는 안 될 것이 있다. '리더십, 인적 네트워크와 접촉, 정치적 수완' 이란 성공 원천도 결국 인간관계라는 것이다. 이 3가지를 포함하면 직장인으로 성공하기 위한 원천 중 관계 능력이 압도적으로 중요하다는 것을 알 수 있다.

하버드 대는 해고자의 업무 능력과 관계 능력과의 상관관계를 조사했다. 어떤 결과가 나왔을까? 업무 능력은 우수한데 관계 능력이 낮은 직원들의 해고자 비율이 그 반대인 직원들에 비해 2배나 높더라는 것이다.

최근 몇 년 전부터 우리 사회에 나답게 살기 열풍이 불고 있다. 물론, 직장인 중에도 그런 이들이 많다. 그들은 영혼을 저당 잡히는 것 같아 "나답게 내 길을 간다"고 말한다. 문제는 그들 중에 승진이 늦어지거나 나가라고 등 떠밀리는 이들이 많다는 것이다.

그들은 나답게 살겠다며 자신의 개성, 정체성, 가치관의 길을 묵묵히 간다. 그 길이 스트레스 길인 줄 뻔히 알지만 생계를 위해 버틸 수 있을 때까지 버티는 길을 선택하는 것이다.

문제는 코로나19발 위기가 길어지고 인공지능 기술이 진화를 거듭할수록 기업들의 인력 감축 규모가 훨씬 더 커진다는 것이다. 특히 관계 밀도가 낮은 사람은 버티려 해도 불가항력이다.

그들이 살아남기 위한 대안은 2가지다. 하나는 특정 영역에서 대체 불가능한 탁월한 존재가 되는 것이다. 영업 부서에 근무하고 있다면 언제나 목표를 초과 달성하는 탁월한 실적을 올려야 한다. M&A가 됐든, R&D가 됐든, 원가절감이 됐든 그 어떤 업무 영역에서도 마찬가지다. 사내에서 그 사람 아니면 대안이 없다고 인정받아야 한다

다른 하나는 관계를 리셋해 밀도를 높이는 것이다. 누구와의 관계 밀도를 높여야 할까? 상사, 고객, 동료다. 왜 높여야 할까? 행복한 직장인으로 거듭나기 위해서다.

대부분의 직장인들이 행복하지 않다고 말한다. 한 조사 결과에 의하면, 직장인 열에 일곱 ~ 여덟은 우울증을 앓은 적이 있거나 앓고 있다. 그들의 우울증 주 유발 요인은 무얼까? 바로 상사와의 관계에서 오는 스트레스다.

물론, 직장인의 스트레스는 업무 성과나 연봉 수준, 승진 문제 등에서 비롯되기도 한다. 중요한 건 3가지 모두 상사와 관련성이 깊다는 것이다. 결국, 99%가 상사와의 관계에서 비롯된다고 할 수 있다.

이처럼 직장인이 행복해지기 위해 가장 중요한 건 상사와의 관계다. 어떻게 하면 상사와의 관계 밀도를 높일 수 있을까? 어떤 유형의 상사라도 존중하는 것이다. 상사의 생각, 말, 행동, 가치관을 존중해 주라는 얘기다.

먼저, 상사의 말을 일단 긍정하고 인정해 주는 게 중요하다. 그런 말들이 상사와 공감대를 형성하는 씨앗이 되고 신뢰라는 열매가 된다. 좀 무리한 얘기라도 마찬가지다. 그 자리에서 "이치에 맞지 않는다, 잘못 알고 계신다"라며 부정하거나 논쟁을 해서는 절대 안 된다.

무조건 예스맨이 되거나 그도 아니면 아부맨으로 거듭나라는 말인가? 아니다. 일단, 인정하고 나중에 얘기를 나누는 직장인이 되라는 거다.

그게 상사를 존중하는 태도이다. 그런 태도가 습관이 되도록 만들어야 한다. 문제는 그리하기가 쉽지 않다는 것이다. 그러므로 다음과 같은 말을 자기 자신에게 반복적으로 해주는 것이 좋다.

"나쁜 사람은 있어도 틀린 사람은 없다. 팀장도 옳고, 본부장도 옳다. 물론, 나도 옳다."

직장인이 행복한 이유

행복한 직장인은 그 이유가 있다. 상사는 물론, 동료들과 고객과의 관계의 밀도가 높다는 것이다. 단 하루를 일하더라도 위와 같은 마인드로 근무하는 게 좋다. 팀장이든, 본부장이든 모든 인간은 인정받고 존중받으면 그 상대에 대해 호의적인 상태가 되기 때문이다.

단, 상사의 권위에 눌려 가식적으로 그런 체해서는 안 된다. 진정성 있는 마음으로 인정하고 존중해 줘야 한다. 그래야 상사와의 관계 리셋에 성공할 수 있다.

상사와의 관계 리셋을 통한 밀도 높이기! 말은 쉽지만 무지 어려운 문제다. 어떻게 하면 될까? 먼저 내 마음속에 있는 나쁜 것들부터 비워내야 한다. 상사와의 관계를 망가뜨리는 불만, 상처, 분노 등 말이다.

상처가 아물고 난 자리에는 반드시 새살이 돋는다. 비우고 나야 반드시 무언가로 채워지는 것도 세상의 이치이다.

중요한 건 이전처럼 아무것이나 저절로 채워지도록 방치해서는 안 된다는 거다. 상사와의 관계를 긍정적으로 리셋하는데 꼭 필요한 것들을 채워 넣는 게 좋다.

상사의 말이나 지시를 일단 긍정하기? 감사하는 마음 표현하기? 칭찬하기? 적당한 아부? 모두 필요한 것들이다. 그러나 누구나 할 수 있는 행동들이다. 더 근본적인 것을 하는 것도 방법이다. 상사의 성공을 위한 진정성 있는 노력 같은 것 말이다. 상사의 성공과 행복이 곧, 나의 성공과 행복으로 돌아오기 때문이다.

행복을 충전해주는 사람

2021년 들어 다양한 명칭으로 포장한 감원 소식이 늘어나고 있다. 말이 좋아 명예퇴직, 희망퇴직이지 실제는 해고나 마찬가지다. 이 같은 대규모 감원기에도 정리 대상에 포함되지 않고 정년(또는 자신이 원하는 기간)까지 근무할 수 있는 솔루션이 있을까? 물론, 있다. 다음과 같은 2가지다.

하나는 조직 내에서 대체 불가능한 존재가 되는 것, 다른 하나는 상사 및 동료와 고객과의 관계 밀도를 높이는 것이다. 이제부터 고객과의 관계 밀도를 높여 자신은 물론, 자신과 가까운 사람들에게 행복을 충전해 주는 사람이 되는 법에 대해 알아보자.

유명 통신 A사에서 입사 동기들 중 유일하게 정년에 퇴직한 박한일(가명, 퇴직 당시 60세) 씨가 그 주인공이다.

< A사는 2000년대 들어 유난히 명예퇴직을 많이 시켰다. 일본 동경대 박사 출신의 어느 직원은 1억이 넘는 연봉을 포기하고서 공무원 시험에 도전해 공무원으로 전직하기도 했다. 그의 나이 46세 때 일이다. 그는 자신의 심경을 이렇게 말했다.

"어느 날 갑자기 같이 일했던 상사와 동료들이 퇴직한다는 얘기가 들려온다. 그리고 며칠 있으면 그들의 자리가 없어진다. 이런 일이 한두

번이 아니었다. 일하면서도 불안했다. '내 차례는 언제쯤일까?'라는 생각이 자꾸 떠올라서다.

결국, 공무원이 되기로 했다. 연봉은 많이 줄겠지만 안정적인 신분으로 일하는 게 낫다고 생각했기 때문이다. 나는 지금도 그때의 선택을 후회하지 않는다."

그런 고용문화 탓에 박 씨의 입사 동기들 중 정년까지 다닌 사람은 그가 유일했다. 어떤 이들은 등 떠밀려서, 어떤 이들은 등 떠밀리기 싫어서 퇴직행 열차에 올라탔기 때문이다.

그러나 박 씨는 예외였다. 영업능력이 탁월해서 언제나 좋은 성과를 올렸기 때문이다. 그 덕분에 동기들 중 승진이 가장 빨랐고, 지사장 발령도 가장 먼저 받을 수 있었다. 그의 영업능력의 탁월함은 2가지 원천 덕이다.

하나는 사교적인 성향이고, 다른 하나는 고객, 잠재 고객과의 관계의 밀도, 즉 관계의 폭과 깊이를 높이기 위해 노력했다는 것이다. 그는 관계의 폭을 넓히기 위해 다양한 커뮤니티에 25곳이나 가입했다. 가입만 한 게 아니라 열정적으로 참여했다. 대학의 최고경영자 과정이나 차세대 최고경영자 과정 같은 곳도 7곳이나 다녔다.

관계의 깊이를 더하기 위해 어떤 커뮤니티에서든 총무를 자원해 맡았다. 물론, 회원들과 가까워지기 위해서였다.

그렇다고 전혀 위기가 없었던 것은 아니다. '승빠퇴빠 법칙'에서 벗어나지 못할 뻔했던 적이 있었다. (승빠퇴빠의 법칙 : 승진이 빠르면 퇴직도 빠르다는 법칙)

승진이 빠르다 보니 지사장을 오랜 기간 동안 했다. 문제는 임원이 되지 못하다 보니 맡을 보직이 마땅치 않다는 것이었다.

그렇다고 회사에서는 성과가 탁월한 그마저 등 떠밀어 명예 퇴직시킬 수는 없었다. 결국, 박 씨를 지사의 마케팅 팀장과 비슷한 보직을 줘 '가'라는 지사에 배치했다.

'가' 지사에 배치된 박 씨는 계륵 신세였다. 지사장은 박 씨에게 제발 사표 쓰고 나가줬으면 좋겠다는 사인을 시도 때도 없이 보냈다. 그러던 중 그가 대체 불가능한 명품 인재라는 사실을 재확인시켜주는 사건이 발생했다.

2008년에 A사가 애플의 아이폰을 판매한 게 계기였다. A사는 아이폰을 국내시장에 런칭하면서 대대적인 마케팅 캠페인을 벌였다. 이때, 박 씨는 자신의 능력을 맘껏 발휘했다. 아이폰 고객 유치 캠페인에서 압도적인 성과를 냈다.

지사장보다 수십 배 많은 가입자를 유치했다. 그 덕분에 '가' 지사는 전사 1등이라는 타이틀도 얻었다. 박 씨의 성과는 그때 한 번뿐이 아니었다. 아이폰 외 다른 판매 캠페인을 할 때마다 탁월한 성과를 올렸다.

박 씨가 몇 차례 몰아친 명예퇴직의 광풍에서도 정년에 퇴직할 수 있었던 비결, '가' 지사장으로부터 계륵에서 극 존중을 받은 비결은 모

두 같다. 관계의 폭과 깊이, 즉 관계의 밀도를 높이기 위한 노력에 있었던 것이다. >

박 씨가 올린 성과는 신규 가입자 유치의 탁월함뿐일까? 아니다. 한 가지가 더 있다. 박 씨 자신뿐 아니라, 주변의 가까운 사람들을 행복해지도록 만들었다는 것이다. 박 씨의 가족, '가' 지사의 지사장과 동료들을 들 수 있다.

박 씨 가족들은 두말할 필요가 없을 테니, '가' 지사장과 동료들의 경우를 생각해 보자. 지사장은 박 씨 덕분에 (매번 1등을 휩쓸다 보니..) 하루하루를 행복하게 지낼 수 있었다. 인사 고과에서도 매번 최고 점수를 받았다. 당연히 '가' 지사의 직원들도 행복해질 수 있었다. 지사장이 행복하니 직원들에게 화낼 일조차 거의 없었기 때문이다.

범위를 넓혀 보면 어떨까? 지사장과 동료들의 가족, 지사장의 상사에게도 행복 에너지가 충전됐을 것이다. 이 정도면 박 씨 같은 사람은 무한 행복 충전소라 불러도 되지 않을까?

대부분의 부모는 자녀 나이가 3~4살 무렵에 다음과 같은 대화를 나눴던 추억이 있을 것이다.

> **"현진아! 엄마(아빠), 사랑해?"**
>
> "응~!"
>
> **"얼만큼?"**
>
> "하늘만큼 땅만큼!"

행복도 하늘만큼 땅만큼 크게 만들 수 있을까? 그렇다. 박 씨 사례가 던지는 메시지가 시사점을 던져 준다.

"성과는 탁월함으로 높일 수 있다. 그 탁월함은 나 자신과 가족이 행복할 조건이 된다. 그러나 탁월함만으로 사랑의 경우처럼 하늘만큼 땅만큼 행복해지는 건 한계가 있다. 그만큼 행복해지려면 박 씨처럼 일상에서 만나는 모든 관계의 밀도를 높여야 한다. 행복은 관계의 폭과 깊이만큼 쑥쑥 자라기 때문이다."

배려가 백(百)이면 존중은 만(萬)이다

인간관계에서 가장 중요한 가치를 하나만 꼽는다면 무엇일까? 신뢰? 사랑? 배려?, 소통?, 공감? 모두 중요한 가치인 건 맞다. 그러나 가장 중요한 가치는 아니다. 앞서 강조한 것처럼 가장 중요한 건 바로 존중이다.

내가 상대를 존중하지 않던지, 상대가 나를 존중하지 않는 관계에서는 어떤 현상들이 나타날까? 불평불만, 불신, 무시, 학대, 폭력, 분노 등이 나타난다. 그로 인해 서로 갈등하며 상처를 주고받는 관계가 된다.

문제는 이 같은 갈등과 상처가 부부간, 부모 자식 간, 상사와 직원 간, 친구 간 등 가까운 사람들과의 관계에서 주로 나타난다는 것이다. 다음과 같은 하소연을 늘어놓는 사람들 말이다.

- 나는 그를 존중하는데 그는 왜 날 무시하는 거지? 존중심이라고는 눈곱만큼도 없는 이기적인 사람이기 때문일까?
- 난 아직도 남편을 사랑하는데 남편은 왜 바람을 피는 거지?
- 고 3이 기타를 배우겠다며 학원을 다닌다는 게 말이 돼? 음대에 진학할 것도 아니면서...

왜 그런 것일까? 존중 없는 관계라는 것이 근본적인 이유다. 위와 같은 하소연을 하는 이들 대부분은 자신이 존중받지 못한다고 생각한다.

그들의 상대방 역시 마찬가지다. 1장에서 소개한 바람피우는 남편처럼 자신은 나름 아내를 배려한다고 생각한다. 아내를 사랑하지 않아서 바람을 피우는 게 아니라는 류의 말을 하는 이들도 많다.

틀린 말은 아니다. 자신의 관점에서는 나름대로 배려하고 있기 때문이다. 그런데 왜 아내는 상처받았다는 하소연을 하는 걸까? 남편으로부터 존중받지 못하고 배신당했으며, 무시까지 당했다고 생각하기 때문이다.

인간관계에서 중요한 가치들을 나무로 그려 보자. 뿌리에 해당되는 가치는 무엇일까? 존중이다. 관계의 밀도를 높이기 위한 모든 가치와 연결된 것이 바로 존중이기 때문이다.

존중이 뿌리라면 소통과 공감은 수분과 영양소를 공급하는 통로이다. 신뢰는 열매이고 사랑은 꽃이라 할 수 있다. 배려는 무엇일까? 나무가 잘 자라고 탐스러운 열매를 맺게 해주는 따뜻한 햇볕, 시원한 그늘이라 할 수 있다. 존중 없는 사랑, 신뢰, 배려, 소통, 공감은 뿌리 없는 나무와 같다.

뿌리가 없거나 빈약한 나무는 꽃이나 열매를 맺기 어렵다. 아니, 말라 비틀어지며 죽어간다. 관계라는 나무도 마찬가지다. 존중 없는 관계는 사상누각이다. 이해득실에 따라 시시각각 변하는 관계이기 때문이다. 그래서 "배려가 백(百)이면 존중은 만(萬)이다."라고 하는 것이다.

내 일상의 모든 갈등 해결 솔루션, '너옳 나옳'

갈등의 유형은 3가지 정도다. 개인 간 갈등, 사회적 갈등, 국가 간 갈등이다. 가장 풀기 어려운 건 국가 간 갈등이다. 영토 확장이나 생존이 걸린 문제라 대화나 협상으로 해결하는데 한계가 있기 때문이다.

그러나 개인 간 갈등과 사회적 갈등은 다르다. 대화와 협상으로 모든 갈등을 해결할 수 있다. 물론, 별다른 노력 없이도 해결할 수 있다는 건 아니다. 그저 열심히 노력한다고 해결할 수 있는 것도 아니다.

갈등을 풀기 위한 솔루션을 가진 사람만이 얻을 수 있는 열매다. 그 핵심 솔루션이 바로 존중의 밀도를 높여주는 '너옳 나옳' 이다. ('너옳 나옳' : '너도 옳고 나도 옳다'라는 말의 줄임말)

앞부분에서 우리나라가 당면한 사회적 갈등들 중 보수와 진보, 진보와 보수 진영 간의 이념 갈등을 예로 들었다. 그들이 갈등하며 부딪치는 이유는 이념과 논리가 다르기 때문이다.

그러나 서로를 불신하고 적대시하는 근본 이유는 따로 있다. 바로 '너틀 나옳'이다. ('너틀 나옳' : '너는 틀렸고 나는 옳다'라는 가치관의 줄임말)

'태극기 부대'로 불리는 보수 진영 사람들 대부분의 화두는 언제나 "촛불, 니들은 틀렸고 우리가 옳다"이다. '촛불 부대로 불리는 진보 진영 대부분의 사람들 역시 마찬가지다. 그들의 화두 역시 언제나 "태극기, 당신들은 틀렸고 우리가 옳다"이다.

누구 말이 맞을까? 자세히 귀 기울여 보면 두 진영의 이념과 논리 모두 맞다. 국민을 행복하게 만들겠다는 복지 정책 같은 경우는 정말 별 차이가 없다. 그럼에도 상대 진영의 이념과 정책들은 결국 나라를 말아먹을 거라고 말한다. 왜 그런 것일까? 각자 자신들의 이념과 논리적 관점이라는 프레임으로 상대를 보기 때문이다.

이제부터는 생각을 달리해야 한다. '너틀 나옳'이 아니라 '너옳 나옳'로.

우리 사회가 당면한 세대 간, 계층 간, 노사 간, 지역 간 등의 모든 사회적 갈등도 마찬가지다. '너틀 나옳'이란 낡은 프레임의 안경을 버려야 한다. 자신들의 울타리 밖으로 나와야 한다.

울타리 밖에서 '너옳 나옳'이라는 새로운 프레임이 내장된 안경을 껴야 한다. 끼기만 해서는 안 된다. 그 안경에 먼지와 이물질이 끼었는지 확인하고 자주 닦아 줘야 한다. 이렇게 상대를 내가 먼저, 지속적으로 존중하면 나도 존중받을 수 있다. 갈등 또한 원만하게 해결할 수 있다.

개인 간의 갈등 해결 솔루션은 어떨까? '너옳 나옳'의 솔루션이 통할 수 있을까? 물론이다. 사회적 갈등보다 훨씬 잘 통한다. 사회적 갈등이 다수의 이해관계자들이 얽히고설킨 문제라면, 개인 간 갈등은 그 어떤 갈등이라도 상대방 한 사람만 존중하고 또 존중하면 풀 수 있는 문제들이기 때문이다.

갈등을 해결하면 관계의 밀도는 물론, 행복의 밀도 또한 높아진다. 그럼에도 다음과 같은 반론을 제기하는 사람들이 많다. "상대의 말이

100% 틀렸는데도 네 말이 옳다고 인정하라는 건가요?" 그렇다. 그런 생각 자체가 착각이기 때문이다. 그런 사람은 다음의 메시지와 '너옳 나옳'과 관련한 메시지가 던지는 의미를 곱씹어 보시기 바란다.

> **"이 세상에 나쁜 말은 있어도 틀린 말은 없다. 다만, 내 말**
> **과 다를 뿐이다."**

「 '너옳 나옳' 솔루션의 파워를 극대화하기 위한 Tip 」

1 │ '너옳'의 목소리는 클수록, '나옳'의 목소리는 작을수록 좋다.
2 │ 절대 갑에게도, 절대 을에게도 똑같이 사용해야 한다.
3 │ '너틀 나옳'이란 말은 어떤 상황, 어떤 상대에게도 하지 않는다.
4 │ 습관이 되도록 만들어야 한다.

부디 '너옳 나옳' 솔루션의 파워를 극대화시키시라. 존중이란 관계의 밀도를 높여 내 인생의 주인공으로 살고 싶다면, 그런 삶을 살면서 행복한 날들을 오래오래 지속시키고 싶다면.

그들은 왜 나를 좋아하지 않을까?

　직장인 김명석 (가명, 49세) 씨는 말 못 할 고민이 있다. 주변의 가까운 사람들은 물론, 처음 만나는 사람들 또한 자신을 별로 좋아하지 않는다는 것이다. 이와 몸에서 냄새가 나는 것도 비듬 낀 헤어스타일인 것도 아니다. 그렇다고 언제나 화가 난듯한 표정을 짓고 있는 것도 혼밥족, 혼술족도 아니다.

　직장 상사, 팀원은 물론 타부서 동료들과도 어울리려 노력하고 있다. 문제는 노력에 비해 직장 동료들과의 관계 밀도가 높아지지 않는다는 것이다. 가족들과도 마찬가지다. 소통 잘하는 남편이자 아빠가 되려고 대화를 시도하지만 아내와 딸, 아들은 점점 더 대화를 회피하려 한다. 우리 주변에 김 씨와 같은 사람들이 의외로 많다. 그들은 무엇이 문제일까? 다음과 같은 '5무(無) 5행(行) 인(人)'이라는 것이다.

(5무(無) 5행(行) 인(人) : 관계의 밀도를 높여 주는 5가지 원천은 없고, 관계를 망가뜨리는 5가지 해악 질은 행하는 사람을 말함. 각 5가지 중 해당되는 원천이 많을수록 관계의 밀도는 낮아진다.)

「 그들이 나를 좋아하지 않는 이유, '5무(無) 5행(行)'」

　* 5무(無)

　1 ｜ 정과 의리

　2 ｜ 재미와 즐거움

　3 ｜ 향기

　4 ｜ 겸손

　5 ｜ 나눔

　* 5행(行)

　1 ｜ 을 질

　2 ｜ 자랑 질

　3 ｜ 타령 질

　4 ｜ 꼰대 질

　5 ｜ 비아냥거림 질

　그들이 행복해지려면 어떻게 하는 게 좋을까? 각자 마다의 원인과 솔루션이 다를 것이다. 공통적인 솔루션은 무엇일까? 5무(無)에 해당되는 5가지는 채우고, 5행(行)에 해당되는 5가지는 비우는 것이다.

언제, 어디서든 다음과 같은 생각을 가끔씩이라도 하는 사람들은 자신의 관계의 밀도에 대해 생각해 보시기 바란다.

"팀장님은 왜 나만 보면 화부터 내는 거지?", "친구들은 왜 나를 좋아하지 않는 거지?", "아내는 그렇다 쳐도 아이들은 왜 나를 피하는 거지?", "큰 며느리는 왜 내 카톡 메시지에 바로 답글을 안 올리는 거지?", "도대체 나는 뭐가 문제인 걸까?"

사람마다 상대에 따라 그 이유가 있을 것이다. 공통적인 이유는 관계의 밀도를 높여 주는 5무(無), 즉 5가지가 없는 5무(無)인이라는 것이다.

칭찬보다 꾸중이 훨씬 더 많은 아빠, 같이 놀아주는 대신 TV만 보는 아빠를 좋아하는 자녀가 몇이나 될까? 맞벌이임에도 가사와 육아에 소홀한 간 큰 남편을 어느 아내가 좋아할까? 시도 때도 없이 카톡방에 온갖 메시지를 올리면서 왜 즉시 답글을 달지 않느냐는 시어머니를 좋아하는 며느리가 몇이나 될까?

그건 안 된다며 매사에 부정적이고 비판적인 직원을 어떤 상사가 좋아할까? 정과 의리로 만나는 친구들 대신 돈과 권력을 가진 친구들만 쫓아다니는 나를 누가 좋아할까? 재미도 즐겁지도 않은 나를 누가 만나려 할까?

존중만이 관계의 밀도를 높여 주는 원천은 아니다. 위에서 언급한 5가지도 중요한 원천이다. 부디 이 5가지를 채워 5무(無)인에서 5유(有)인으로 진화하시기 바란다.

알고 보니 나도 '5행(行)인'이었더라

관계의 밀도를 높이기 위해 행해서는 안될 5가지 외에도 갑 질, 희롱 질, 지적 질, 이간질, 비교 질 등이 있다. 그러나 일부는 앞 부분에서 이미 다뤘고, 일부는 많이 알려진 내용들이어서 다루지 않기로 한다.

1) 을 질

돈과 권력을 가진 사람들만 갑 질을 하는 게 아니다. 평범한 사람들 도 한다. 그들의 갑 질을 을 질이라 한다. 을의 지위에 있는 사람 수 가 훨씬 많으므로 갑 질보다 훨씬 더 많을 수 있다.

을 질 중 대표적인 것 3가지가 있다. 요구 질, 핑계 질, 볼 때만 삽 질이다. 요구 질의 대표적인 이들은 강성 노조의 강성 멤버 들이다. 그들의 사용자 측과의 협상 과정을 보면, 노조원의 근로 조건과 임금, 복지 문제와는 사실상 전혀 관계없는 정치나 사회적 이슈와 관련한 엉 뚱한 요구를 하기도 한다.

물론, 협상을 유리하게 끌고 가기 위한 전략적 목표일 수 있다. 하지 만 제3자 적 관점에서 보면 자신들의 주장을 관철시키기 위한 요구를 위한 요구로 보일 뿐이다.

개인들 중에도 을 질하는 사람이 많다. "차가 막혀서.. 상갓집에 다 녀와야 해서.." 등과 같이 습관적으로 핑계 대는 이들, 상사가 볼 땐 열심히 일하는 척 하다가 안 보이면 삽 질 대신 불평불만 질하는 사 람들과 같은 이들이 대표적이다.

그들이 알아야 할 게 있다. 대부분의 상대는 그들이 핑계를 댄다는 것, 볼 때만 열심히 하는 척한다는 것을 다 안다는 사실을. 상사가 됐든, 아내가 됐든, 그 누가 됐든 그 와의 관계의 밀도를 떨어뜨리는 행위라는 것을.

2) 자랑 질

친구 간, 이웃 간, 취미나 친목 도모를 위한 커뮤니티 내 멤버들 간에 공통적으로 하는 말이 있다. "나, 이제 모임에 안 나올래. 그 사람 (친구, 놈, XX)의 자랑 질이 정말 싫어서. 억만 금을 준대도 꼴도 보기 싫거든. 그 친구가 우리 모임에 계속 나온다면 정말 안 나올 거야."

왜 그런 말을 하는 것일까? 사람을 눈살 찌푸리게 만드는 자랑 질을 시도 때도 없이 내뱉기 때문이다. 직장인들 역시 자랑 질하는 사람을 가장 싫어한다.

잡코리아와 알바몬이 '송년회에서 가장 만나고 싶지 않은 사람'을 조사한 결과를 보자. 1위에 자기 자랑·잘난 척하는 사람(54.0%)이 꼽혔다. 2위는 기억하기 싫은 과거 이야기를 자꾸 들추는 사람(32.5%)이, 3위는 (밥이나 술 등을) 살 것처럼 해놓고 돈 안 내고 도망가는 사람(28.4%)이 각각 차지했다.

위 조사결과가 주는 시사점이 있다. 송년회 때만 그런 게 아니라 1년 내내 그런다는 것이다.

3) 타령 질

여고 동창생 다섯 명이서 친한 모임을 갖고 있던 강은영(가명, 42세) 씨! 그러나 아쉽게도 2019년 연말이 지나고 나서 친하게 모이던 5명의 모임이 깨졌다. 멤버였던 B모 씨 때문이었다. B모 씨는 친구들 만날 때마다 남편 험담으로 시작해서 시어머니, 아들 때문에 힘들다는 하소연을 하기 시작하더니 죽고 싶다는 등의 얘기를 늘어놓곤 했다.

친구들끼리 공통의 주제로 신나게 수다를 떨 때도 B모 씨는 중간에 끼어들어 이야기 주제와는 전혀 상관없는 자신의 신세타령을 늘어놓곤 했다.

초기에는 친구들 모두 B모 씨를 열심히 위로했다. 문제는 B모 씨의 타령 질이 만날 때마다 계속된다는 것이었다. 지겹다는 표정을 짓거나 하품이라도 하면 난리가 났다. "나는 이렇게 고통스러운데 위로는 못 할망정 하품이나 하고 있느냐.."면서 B모 씨가 화를 내거나 펑펑 울었기 때문이다.

B모 씨로 인해 즐겁자고 만나는 모임이 짜증나고 스트레스 받는 모임이 되고 말았다. 그렇다고 B모 씨만 빼고서 만날 수도 없었다. 만약 그 사실을 B모 씨가 알면 어떤 일이 일어날지 모두가 잘 알고 있었기 때문이다. 결국 그들은 일단 모임을 해체하기에 이르렀다. 친구들과 좋은 관계로 지내고 있다고 착각하고 있는 B모 씨 탓에.

"너무 힘들다, 죽을 맛이다.."는 식으로 매일 자신의 처지가 어렵다는 타령 질을 습관적으로 하는 사람은 그 상태를 벗어나기 힘들다. 뿐만 아니라 친구, 이웃, 직장 동료는 물론 부모형제 등 가까운 사람들과의 관계의 밀도를 떨어뜨린다는 사실도 알아야 한다.

4) 꼰대 질

최근 들어 꼰대의 개념이 더욱 진화하고 있다. 직장 상사나 선배, 연장자 뿐 아니라 나이가 적은 사람 중에도 자신의 사고방식을 타인에게 강요하는 사람으로 폭넓게 정의되고 있다.

중요한 사실은 꼰대 질하는 사람들 역시 습관의 노예가 됐음에도 자신은 전혀 인지하지 못하고 있다는 것이다. 그러다 보니 한두 번에 그치지 않고 반복함으로써 상처를 준다.

꼰대 질의 원인은 무얼까? 상대를 위해 자신의 경험을 바탕으로 좋은 충고나 피드백을 해 준다는 생각이 강하다는 것이다. 다음의 2가지 경우처럼.

하나는 누구에게나 간섭하고 지적 질하지 않으면 입이 근질거려 도저히 참을 수 없는 성향이고, 다른 하나는 상대를 존중하는 마음이 전혀 없다는 것, 아니 존중해야 한다는 사실을 전혀 인지하지 못한다는 것이다. 나이가 많거나 직급이 높은 사람, 완장 차는 걸 좋아하는 사람 중에 그런 이들이 많은 편이다.

5) 비아냥거림 질

말 한마디를 던지더라도 누군가를 은근히 비꼬거나 비웃는 식으로 조롱하는 사람들이 있다. 전 직장 동료들과의 친목 모임에 참여하고 있는 박성호(가명, 58세) 씨가 대표적인 사례다.

< 박 씨와 그의 전 직장 동료 6명은 6년째 친목 모임을 하고 있다. 한 달에 한 번씩 모임을 갖는데 오후 4시에 만나 고스톱 치고, 저녁 먹고 나서는 당구 치고 가볍게 술 한잔 나누고 헤어진다.

돈 문제로 감정이 상하거나 그러지는 않는다. 문제는 박 씨의 말투다. 그의 말투는 은근히 비꼬거나 비웃는 형식이다. 다음과 같은 식으로. 커뮤니티 멤버 중 하나가 아내와 같이 KBS 1 TV의 "가요 무대" 녹화 현장을 직접 방청하고 왔다고 말했다.

그 멤버는 "가요 무대에 나오는 가수들의 노래하는 모습을 직접 보니 정말 프로들이더라, 그들의 그런 태도는 정말 배워야겠더라"는 말을 하려던 참이었다. "자네들도 시간 내서 부부가 같이 직접 보면 좋을 것이다, 강추한다."는 말과 함께. 그러나 그 멤버는 덧붙이려던 말을 결국 하지 못했다.

박 씨가 다음과 같이 비아냥거림 질을 했기 때문이다.

> "격이 있지, 그런 델 쓸데없이 왜 가고 그래? 그 프로는 한물간 가수들만 나오잖아.(※필자들의 생각이 전혀 아님) 시간 있으면 뮤지컬이나 오페라 구경을 가는 게 낫지. 김 부장, 안 그래?"

박 씨의 말에 그 멤버는 상처를 받았다는 듯 얼굴을 붉혔다. 그래도 말싸움으로 번지지는 않았다. 그 멤버의 인성이 점잖아서"뭐, 어째?"라는 식으로 되받아 치지 않았기 때문이다. 문제는 박 씨의 비아냥거리는 말투가 그 멤버뿐 아니라 다른 멤버들한테도 비슷하다는 것이다.

멤버 중 누가 어떤 주제로 말을 하면 참지 않고서 얄밉게 비웃거나 은근히 비꼬는 말투로 속을 뒤집어 놓곤 한다. 박 씨의 비아냥거림 질이 싫다며 모임에 나오지 않는 사람도 두 명이나 된다. 결국 박 씨를 제외한 멤버들이 해결책을 냈다. 모임의 회장이 박 씨에게 피드백을 해주는 것으로. >

피드백을 받은 박 씨는 어떻게 했을까? 박 씨도 자신의 말투가 상처를 준다는 걸 최근에야 알았다고 했다. 그래서 모임에 참석하면 말을 조심해서 하자고 다짐도 여러 번 했다고 말했다.

그의 고민은 통제가 잘 안된다는 것이다. 자기도 무척 신경 쓰는데 무의식적으로 비아냥거리는 말투가 툭 나간다고 했다. 비아냥거림 질이 반복되면 상대가 자존감을 짓밟히고 있다는 생각을 갖게 된다. "돈도 못 버는 주제에...", "네가 그러고도 인간이냐? 짐승이지...", "여자가 잘 못 들어오면 집안이 망한다더니..." 같은 말들이 대표적이다.

문제는 2가지다. 하나는 해서는 안 될 5행(行)질을 한 가지 이상 하는 사람들이 많다는 것, 다른 하나는 자신이 5행(行)질 해대는 '5행(行)인'이라는 사실을 전혀 모른다는 것이다. 박 씨는 그래도 나은 편이다. 자신의 말투가 비아냥거림 질이라는 사실을 알고서 고치려 노력하고 있기 때문이다.

전혀 모르는 사람에게는 박 씨의 경우처럼 피드백해 주는 게 좋다. 당사자는 물론, 그와 관계를 맺고 있는 나의 관계의 밀도에도 영향을 주기 때문이다.

행복한 일상을 만드는 5가지 말투 습관

| 행복한 일상을 만들어 주는 말투 |

말 잘하는 사람이 되는 건 쉽지 않다. 2가지 이유가 있다. 첫 번째는 논리적이고 설득력이 뒷받침돼야 하고, 두 번째는 노래 잘하는 것처럼 말 잘하는 것도 타고 나는 재능이기 때문이다.

그러나 행복을 부르는 잘 말하는 사람이 되는 것은 다르다. 타고 난 말솜씨가 없어도, 논리 정연하고 설득력이 뛰어나지 않아도 된다. 말을 더듬거나 목소리가 좋지 않아도 된다. 말 잘하기 기술이 아니라 감성에 호소하는 표현 기술이기 때문이다.

말은 마법 같은 힘을 갖고 있다. 어떤 유형의 말들을 언제, 어떻게 잘 표현하느냐에 따라 행복도, 인생도 달라진다. 어떻게 하면 잘 말하는 사람으로 거듭날 수 있을까? 대화 초반부터 끝날 때까지 다음과 같은 5가지 말투를 상황에 따라 잘 표현해 주면 된다.

「 행복한 일상을 만들어 주는 말투 5가지 」

1 | 긍정과 인정

2 | 덕담

3 | 감사

4 | 칭찬

5 | 적당한 아부

| 긍정과 인정 |

상대의 말을 긍정하고 인정하는 것! 쉬운 것 같지만 무척 어렵다. 습관이나 제대로 배우지 못했다는 탓을 할 수도 있다. 그러나 근본적인 이유는 아니다. 이기적이라는 게 주된 이유이다. 성공 경험이 많은 사람일수록 이기심의 밀도가 높아진다.

"너틀 나옳('너는 틀렸고 나의 생각이나 가치관이 옳다'는 말의 줄임말)이라는 우물 안으로 점점 더 깊이 내려가면서 세상을 보기 때문이다.

이제부터 행복의 씨앗이라 할 긍정과 인정의 말투를 구사하자. 이것 하나만 제대로 구사해도 당신은 처세의 달인으로 거듭날 수 있다. 아니, 앞 주제에서 소개한 조선의 명 재상, 황희를 능가할 수도 있다.

문제는 항상 다음과 같은 하소연이 있다는 것이다. "그렇게 하려는데 잘 안돼요. '네 맞아요, 그래요..'같은 말만 반복할 수도 없고~' 무슨 좋은 방법이 있나요?"라는.. 아주 쉬운 방법이 있다. 상대의 말을 경청한 뒤, 그대로, 또는 강조하는 메시지를 추가해 따라 하는 것이다. 예를 들어 보자.

상대가 "공무원들은 좋겠어요, 코로나가 왔어도 꼬박 꼬박월급 나오죠.."라고 말할 때, "월급이야 그렇지만 마냥 좋은 건 아니라네요. 일이 많아져 엄청 힘들다더라고요..."라는 식으로 상대의 말을 부정하고 반박하는 건 바람직하지 않다. 대화의 흐름이 중단될 수밖에 없기 때문이다. 다음과 같이 따라 하는 게 좋다.

"맞아요. 공무원들은 정말 좋겠어요. 코로나가 왔어도 월급

　잘 나오죠, 잘릴 걱정도 없죠..."

　그렇다면 내 생각과 완전히 다른 경우도 긍정하고 인정해야 할까? 일단, 그러는 게 좋다. 단, "나도 그렇게 생각한다, 공감한다, 찬성한다"와 같은 단정적인 말은 하지 않는 게 좋다. 좋은 말, 참신한 생각, 기발한 아이디어라는 선에서 긍정하고 인정하라는 뜻이다.

덕담

 덕담의 원래 의미는, "새해를 맞이하여 서로 복을 빌고 소원이 이루어 지기를 바라는 뜻으로 건네는 말"이다. 그러나 꼰대의 개념이 진화했듯 이 "상대방이 잘 되기를 빌어주는 말"이란 의미로 진화하여 폭넓게 사용되고 있다. 상대가 누가 됐든 대화 시작 전, 덕담을 건네는 게 좋다. 대화 중간중간 상황에 따라 덕담을 건네는 것도 효과적이다.

 유머와 감사, 칭찬과 적당한 아부와는 다른 말투이다. 상대의 공감을 이끌어내는 효과는 위 원천들에 비해 절대 뒤떨어지지 않는다. 주목해야 할 사실은 덕담을 건네는 당사자가 받는 사람에 비해 더 행복한 상태가 된다는 것이다.

 문제는 덕담을 건네려 해도 잘 안된다는 것이다. 습관이 안돼서, 상황에 맞는 레퍼터리가 없기 때문이다. 방법은 대면이든, 비대면 상황이든 그 상황에 맞는 나만의 덕담 멘트를 준비해 뒀다가 날리는 것이다. 예를 들어 보자.

 덕담 중에 대표 선수는 바로, "새해 복 많이 받으세요"다. 그러나 이 같은 덕담의 효과는 그다지 높지 않다. 정성의 밀도가 낮기 때문이다. 어떤 덕담을 건네야 상대를 기분 좋은 상태로 만드는 디딤돌이 될 수 있을지 생각하고 끊임없이 진화 시키는 게 좋다. 위의 덕담 대신, "새해는 온 가족이 복 많이 받는 한 해가 되세요.'라는 식으로.

| 감사 |

감사는 행복의 씨앗 말이다. 지속적으로 진정성 있는 감사하다는 말을 하면 상대는 당연히 기분이 좋아진다. 육체적, 정신적으로 더 건강하고 행복해진다. 더 중요한 사실은 덕담의 경우처럼 오히려 내 기분이 더 좋아진다는 것이다. 감사의 효과에 관한 조사 결과들이 이를 입증해 주고 있다. 그중 하나를 소개한다.

"감사를 잘 표현하는 상사와 같이 일하게 된다면?"이란 질문에 직장인 81%가 일을 더 열심히 하겠다고 응답했다.

중요한 사실 하나 더. 다른 행복의 씨앗 말들은 주로 상대와의 대화나 관계에서 필요하다. 그러나 감사라는 행복 씨앗 말은 다르다. 자기 자신에게도 행복의 씨앗 말이 되게 만들 수 있다. 특히 일이 안 풀리고 힘들 때는 가장 먼저 자신에게 감사하다는 말을 심는 게 좋다. 그 말들이 반드시 행복의 싹을 틔우고 꽃과 열매를 맺을 것이다.

문제는 역시 감사에 인색한 사람들이다. 쑥스러워서, 습관이 안돼서 같은 이유들이 있다. 감사는 다른 잘 말하기 기술들에 비해 쉽게 구사할 수 있는 말투이다. 돈이 들어가는 것도 책임을 져야 할 일도 없다.

그렇다면 돈이라는 대가를 지불했으면 "감사합니다"라는 말투를 구사하지 않아도 될까? 아니다. 행복해지고 싶다면 건네는 게 좋다. 일상에서 만나게 되는 버스나 택시 기사분들, 식당 서빙하는 분들 등 그 말을 들은 모든 사람들을 즐겁게 만들 수 있기 때문이다. 그 말들이 쌓여 말투가 되고, 결국 행복으로 가는 든든한 디딤돌이 될 것이고.

  세상에서 행복해지기 위한 가장 쉬운 방법을 꼽는다면 필자들은 '감사합니다.'란 말투를 꼽는다. 자신 앞에 닥친 그 어떤 상황에도, 아주 작은 것에도 매일매일의 일상에서 '감사합니다.'라고 말할 수 있는 표현의 기술 말이다.

인생 역전은 로또 당첨에 있는 게 아니다. 습관을 다르게 하는 것에 있다. 그중에서 성공과 행복해질 기회를 더 많이 이끌어 낼 수 있는 게 바로 칭찬하는 습관이다. 어떻게 칭찬의 말투를 잘 구사하는 사람으로 진화할 수 있을까?

상대의 강점과 상황을 매치시켜라. 그런 다음, 칭찬 멘트를 날려라. **"이야, 원래 별미였지만 오늘은 특히 된장찌개가 무지막지하게 맛있네..."**와 같은. 칭찬의 말투를 잘하는 사람으로 진화하기 위해서 필요한 게 하나 더 있다. 자주 얼굴을 맞대야 하는 사람들은 별도로 칭찬할 거리가 있어야 한다는 것이다. 매일매일 칭찬을 하다 보면 칭찬할 거리가 소진돼 버리기 때문이다. 날마다, 볼 때마다 '타이와 재킷이 잘 어울린다.', '10년도 더 젊어 보인다.'는 칭찬 멘트를 날릴 수는 없지 않을까?

| 적당한 아부 |

아부란 단어에는 부정적 이미지가 담겨 있다. 그러나 과도한 아부가 문제가 될 뿐, 적당한 아부는 오히려 상대의 공감과 신뢰를 얻는 원천이 된다. 또한 칭찬보다 더 효과적으로 여러 기회를 만들어 주는 디딤돌이 되기도 한다.

칭찬과 아부는 그 개념이 조금 다르다. 칭찬은 "상대의 뛰어남, 탁월함 등을 사실 그대로 그렇다고 인정하는 것"을 말한다. 아부는 어떨까? 아부의 정의는 "남의 마음에 들려고 비위를 맞추면서 알랑거림"이다.

그런 심리 상태가 되면 당연히 더 많은 기회를 만들어 낼 수 있지 않을까? 그래서 아부의 필요성과 효과를 강조하는 다음과 같은 말이 있는 것이다.

"칭찬은 고래를 춤추게 하지만, 아부는 임금님을 벌거벗게 만든다"

물론, 지나친 아부는 불행의 씨앗이 될 수 있다. 그러나 적당한 아부는 그 어떤 행복의 씨앗 말들보다 효과적이다.

위 5가지 중 '긍정과 인정' 한 가지를 잘해 조선 최고의 명신이란 평판을 얻은 이가 황희다. 당신이 만약, 위 5가지 말투 중 2~3가지만 잘 활용한다고 하자. 몇 개월만 지나도 가까운 사람들과의 관계의 밀도가 높아졌다는 것을 체감할 수 있을 것이다. 그 게 전부가 아니다. 누가 됐든, 상대보다 나의 행복의 밀도가 더 높아진다는 것이다.

그렇게 10년이 지나면 어떤 변화가 나타날까? 답은 당신의 통찰력에 맡긴다. 그 누구도 예상치 못할 만큼의 변화가 있을 것이므로. 지금까지 언급한 내용들 중 가장 중요한 3가지가 있다.

첫째, 일상에서의 행동이다. 아무리 잘 말하더라도 행동이 따라주지 않으면 사상누각이다.

둘째, 언행일치에는 못 미치더라도 언행근치(言行近致) 정도는 실천해야 한다.

셋째, 습관으로 만들어야 한다.

잘 말하는 사람이 되기 위한 Tip

(내가 지금 어렵다고 말하기 곤란한 상황에서는 어떻게 해야 할까?)

그냥 침묵을 지키는 게 좋을까? 아니다. 진실을 말하고 도움을 요청해야 한다. 당장은 곤혹스럽겠지만 그 말이 결국 행복의 디딤돌이 될 가능성이 높기 때문이다.

"내가 지금 어렵다는 걸 잘 알고 있으니, 말 안 해도 도와주겠지.."라고 생각해서는 안 된다. 엄청난 착각이기 때문이다. 그들은 대부분 다음과 같이 생각한다. "어렵긴 해도 버틸만 한가 보구나..."

모든 상황에 침묵이 금인 건 아니다. 궁핍할 땐 은도 구리도 아니다. 쓸모없는 폐기물일 뿐이다.

인생은 서로의 좋은 점만 보며 살기에도 짧은 시간

부부 사이에 옳고 그른 것은 없다. 아내도 옳고 남편도 옳은 경우가 대부분이다. 가치관, 성격이나 소통 스타일, 습관이 서로 다를 뿐이다. 배우자의 모든 것이 떡잎부터 다른 사람이 대부분이다. 나와는 뿌리부터 잎의 색깔까지 분명하게 다른 채로 살아간다는 것이다. 당연히 부부 간 관계의 밀도는 낮을 수밖에 없다.

부부로 산다는 것은 배우자와 나의 과거, 현재뿐 아니라 미래를 융합시키는 과정이다. 문제는 그 융합이 물과 기름처럼 잘되지 않은 채 상처를 안고서 살아내는 부부가 많다는 것이다. 다음과 같은 부부들 말이다.

「 부부는 무엇으로 사는가, 그 유형 10가지 」

　1 ｜ 사랑

　2 ｜ 인생의 동반자

　3 ｜ 믿음

　4 ｜ 정

　5 ｜ 엄마, 아빠

　6 ｜ 따로 국밥

　7 ｜ 무늬만 부부

　8 ｜ 주말 부부, 기러기 부부

　9 ｜ 돈 버는 기계

　10 ｜ 집 지키는 강아지

위 10가지 유형의 부부는 2개의 부부 유형으로 그룹 핑 된다. 1~4번은 바람직한 부부 그룹, 5~10번은 그렇지 못한 그룹이다. 중요한 사실은 5~10번 그룹에 해당되는 부부가 의외로 많다는 것이다. 부부 사이는 부부만 안다는 말에 그래서 많은 사람들이 고개를 끄덕이는 것이다. 이들 부부들이 다시 건강하고 행복한 부부로 거듭나려면 어떤 해법이 필요할까? 다시 사랑? 무한 배려? 열린 소통? 맞다. 그러나 근본적인 해법은 아니다. 부부가 일심동체로 거듭나기 위한 해법이라기엔 2% 부족하다. 근본적인 해법은 앞서 강조한 것처럼 '너옳 나옳' 이라는 존중의 가치관과 말투, 그리고 행동을 습관으로 만드는 것이다.

왜 존중이 부부간 갈등의 근본적인 해법이라는 것일까? 존중 없는 사랑은 집착일 뿐이고, 존중 없는 배려는 생색내기에 지나지 않는다. 존중 없는 소통은 어떨까? 돌아오지 않는 공허한 메아리일 뿐이기 때문이다. 내게 가장 큰 행복을 주는 사람도, 상처를 가장 많이 주는 사람도 배우자이다. 그러므로 나의 과거와 현재를 나 스스로 존중하듯이 배우자의 생각, 성격, 말, 행동, 습관 등도 이해하고 존중해야 한다. 그리하면 사랑으로, 동반자로, 믿음으로, 정으로 사는 부부들이 늘어날 수밖에 없을 것이다.

양말을 뒤집어서 빨래 통이 아닌 이곳 저곳에 벗어던진다고 해서 양말이 금세 헤지는 것도, 관리비가 더 나오는 것도, 해가 서쪽에서 뜨는 것도 아니지 않은가. " 내 관점에서 보면 올바른 것은 아니다. 하지만 그 입장에서 보니 틀린 습관은 아니다. 다만 내 생각과 행동, 습관과 다를 뿐이다.'라고 생각하면 그만이다.

'왜 그렇게 말하지? 왜 그런 행동을 하는 거지?'라고 불만을 갖지 않는 게 좋다. 배우자가 터무니없는 말, 도저히 이해할 수 없는 행동을 하더라도 마찬가지다. 말도 안 된다며 부정부터 하지 마라.

역지사지의 입장에서 '나라도 그럴 수 있겠구나..', '나의 이런저런 행동도 아내(또는 남편) 입장에서는 도무지 이해가 안 될 수가 있겠구나.'라며 긍정적으로 생각한 후 대응하는 게 좋다.

배우자가 존중해 주면 세상 사람들 모두가 당신을 비난하더라도, 그 어떤 어려움과 맞닥뜨려도 극복할 용기가 생긴다. 반면, 배우자로부터 존중받지 못하는 사람은 어떨까?

배우자의 부모 형제, 자녀는 물론, 직장 상사나 동료, 친구 등 자신과 가까운 사람들을 존중할 줄 모른다. 존중받지 못해 깊어진 자존감의 상처가 내가 먼저 존중해 줘야 한다는 생각 자체를 갖지 못하게 만들기 때문이다.

에필로그

평생 지속 가능한 행복 습관

이 책을 다 읽은 분들께 질문을 드린다.

"이제 행복해지셨나요?"

답은 대부분 No일 것이다. 아직은 행복해지기 위한 그 어떤 행동도 하지 않았을 것이기 때문이다. 아무리 큰 공감을 얻었다 해도, 멋진 꿈과 목표를 새롭게 구상했더라도 실천이라는 노력 없이는 행복의 밀도가 높아질 리가 없기 때문이다.

이제 두 번째 질문을 드려 봅니다.

"이제 행복해질 자신이 있나요?"

이번 답은 대부분 Yes일 것이다. 이 책에 행복해지기 위한 원천과 그 솔루션들이 다양하게, 그리고 구체적으로 담겨 있기 때문이다. 아마도 이 책에 담겨있는 행복 솔루션 중 1~2가지만 제대로 실행해도 행복해질 사람도 있을 것이다.

이제는 세 번째 질문입니다.

"행복의 3개 영역이라 할 비움, 채움, 관계 중 님에게 가장 어려운 건 무엇인가요?"

이번 답은 각자의 주관과 가치관, 상황에 따라 다를 것이다. 비우고 내려놓으려 해도 잘 안된다는 사람도 많고, 돈은 제아무리 노력해도 채워지지 않더라는 사람도 많기 때문이다. "인간 삶에서 가장 중요한 것은 인간관계!"라는 말에는 절대 공감하지만 실전에서는 쉽지 않더라는 사람들 또한 많으니 말이다.

이 질문에 대한 정답은 없다. 비움, 채움, 관계의 밀도 3가지 모두가 답이다. 그럼에도 우선순위를 가려 달라는 사람들이 있다. 그들에게 해주고 싶은 답은 채움이다. 비움은 나 자신과의 싸움이다. 독하게 마음먹으면 내 안의 모든 것을 비우고 내려놓을 수 있다.

관계 역시 마찬가지다. 지극 정성을 들이면 어떤 형태의 관계도 리셋이 가능하다. 노력하면 한 만큼 관계의 밀도를 높일 수 있다. 그러나 채움은 다르다. 채움의 대표적 원천 중 하나인 돈을 예로 들어 보자. 누구에게나 행복해지기 위한 최소한의 돈은 필요하다. 그런데 사연이야 어쨌든 우리 주위에는 돈에 결핍한 사람들이 많다.

그들은 이렇게 말한다. "마음을 비우라고요? 비울게 있어야 비우죠!"

이제는 네 번째 질문입니다.

"노력하면 한 만큼, 배우면 배운 만큼 행복해질 수 있을까요?"

맞는 말이다. 대부분의 사람들도 공감을 표한다. 그러나 반론을 제기하는 사람들도 있다. 그들은, "노력을 포기했더니 오히려 마음이 편안해지더라~~"고 말한다.

그들이 틀렸다는 건 결코 아니다. "노력을 포기해서가 아니라 집착이나 미련을 포기했기에 행복해질 수 있었다."고 말할 필요도 없다. 원인

이야 뭐가 됐든 마음이 편해지고 행복하다고 느끼면 그만이다. 행복은 주관식이자, 과정론이기 때문이다.

그래도 변치 않는 불변의 진리는 있다. 바로, "행복해지려고 노력한 만큼 행복해진다."는 것이다. "배우면 배운 만큼 행복해진다"는 말 역시 마찬가지다.

당신은 이 책을 통해 무엇을 배우셨나요? 사람마다 다르겠지만 다음의 5가지는 꼭 기억하시고 실천을 거듭해 습관으로 만드시기 바랍니다.

첫째, 행복의 3가지 영역은 비움, 채움, 그리고 관계다.

둘째, 인생은 객관식이고 행복은 주관식이다

셋째, 성공은 결과론이고 행복은 과정론이다

넷째, 이 책을 관통하는 한 단어를 꼽는다면 '존중'이다

다섯 째, 행복도 습관이다.

이 5가지를 실천해 나가신다면 평생 행복한 삶을 살 수 있을 것이다. 행복은 결과와 관계없는 과정 그 자체이기 때문이다.